U0565770

小说家的散文

叶兆言 著

# 永远的
# 阿赫玛托娃

河南文艺出版社
·郑州·

**作者简介**

叶兆言，1957 年出生，南京人。上世纪 80 年代初期开始文学创作，主要作品有八卷本"叶兆言中篇小说"系列，三卷本"叶兆言短篇小说编年"，长篇小说《一九三七年的爱情》《花煞》《别人的爱情》《没有玻璃的花房》《我们的心多么顽固》《驰向黑夜的女人》，散文集《流浪之夜》《旧影秦淮》《叶兆言绝妙小品文》《叶兆言散文》《杂花生树》《陈年旧事》等。现为江苏省作协专业作家。

# 目录

## 第一辑

第三辑

第一辑

# 重读莎士比亚

## 1

突然想到了重读莎士比亚,也没什么特别的原因。无聊才读书,一部长篇已写完,世界杯刚结束,天气火辣辣地热起来,躲在空调房间,泡上一杯绿茶,闲着也是闲着,索性再看看莎士比亚吧。看也是随意看,想看什么看什么,想放下就放下。不由得想到了老托尔斯泰,他老人家对于莎翁有着十分苛刻的看法,据说为了写那篇著名的批判文章,他曾反复阅读了英文、俄文和德文的莎剧全集。与托尔斯泰的认真态度相比较,我这篇文章的风格,注定是草率的胡说八道。

时代不同了,虽然十分羡慕托尔斯泰的庄园生活,但是我明白,希望像他那样静下心来,好好地研读一番莎士比亚,已经不太可能。今天的阅读注定是没有耐心，我们已经很难拥有那份平静，很难再有那个定力。在过去的一个多月里，我只是重点看了看莎翁的四大悲剧，重读了《哈姆雷特》，重读了《李尔王》，重读了《奥赛罗》，重读了《罗密欧与朱丽叶》，加上读了一半的《麦克白》。重读和初读的感受，肯定是不一样的，它让我有了一些感慨，多了一些胡思乱想，这些感慨和胡思乱想，能不能敷衍成一篇文章，我的心里根本没有底。

恢复高考那阵子，一位朋友兴冲冲去报考中央戏剧学院的研究生，这是很大胆的一步棋，很牛逼的一件事。他比我略长了几岁，已经不屑按部就班去报考本科，只想一步到位读研。据说过关斩将，很顺利地进入了复试，考官便是大名鼎鼎的李健吾先生，我不明白当时身在社科院的李先生，为什么会凑热闹跑到中戏去参加研究生复试。我的这位朋友年轻气盛，在问及莎士比亚的时候，他大大咧咧地说：

"莎士比亚吗？他的剧本中看不中用，只能读，不适合在舞台上演出。"

朋友落了榜，据说就是因为这个年轻气盛的回答。朋友说李先生是莎士比亚专家，自己在考场上贸然宣布莎剧不适合在舞台上演出，就跟说考官他爹不好一样，老头子当然要生气，当然不会录取他。当时是坚信不疑，因为我对李先生也没有什么了解，后来开始有了怀疑，因为知道李先生并不是莎士比亚专家，他研的只是法国文学,如果真由他来提问,应该是问莫里哀更合适,或者是问拉辛。事情已过了快三十年,这件事就这么不明不白搁在心里。

我第一次真正知道李先生,是在上世纪 80 年代初期。他给祖父写了一封信,问祖父"尚能记得李健吾否",如果还没有忘记,希望能为他即将出版的小说集写个序,或文或诗都可以。信写得很突兀,祖父当时已八十多岁,人老了,最不愿意有人说他糊涂,于是就写了一首诗《题李健吾小说集》:

> 来信格调与常殊,首问记否李健吾。
>
> 我虽失聪复失明,自谓尚未太糊涂。
>
> 当年沪上承初访,执手如故互不拘。
>
> 英姿豪兴宛在目,纵阅岁时能忘乎。
>
> 诵君兵和老婆稿,纯用口语慕先驱。
>
> 心病发刊手校勘,先于读众享上娱。
>
> 更忆欧游偕佩公,览我童话遭长途。
>
> …………

祖父花两个晚上,写了这首长诗,共二十韵,四十句。对于一个老人来说,写诗相对于写文章,有时候反而更容易一些,因为写诗是童子功,会就能写,不会只能拉倒。在诗中,祖父交代了与李先生的相识和交往,提到了他的代表作《一个兵和他的老婆》和《心病》,这两篇小说的手稿,最初都曾经过祖父之手校阅。我重提这段往事，不是想在无聊的文坛上再添一段佳话，再续一个狗尾，而是想借一个掌故，说明一个时代，说明一个即将彻底没落的时代。不妨设想一下，今天出版一本小说集，如果用一位老先生的旧体诗来作序，会是多么滑稽可笑。与时俱进，上世纪的80年代初期，这样的事情还能凑合，或许还能称为雅，毕竟老先生和老老先生们都还健在。在网络时代的年轻人心目中，"五四"一代的老家伙，活跃在上世纪三四十年代的老作家，与老掉牙的莎士比亚一样，显然都应该属于早该入土的老厌物。如今，像我这样出生在上世纪50年代的作家，也已经被戏称为前辈了。

我问过很多同时代的朋友，他们是在什么时候开始阅读莎士比亚的，不同的年龄，不同的职业，回答的时间却惊人一致，都是在上世纪70年代末80年代初。这是典型的"文革"后遗症，大家共同经历了先前无书可读的文化沙漠时代，突然有了机会，开始一哄而上啃读世界名著。对于我来说，重读莎士比亚，就是重新回忆这段时期。温故而知新，记得我最初读过的莎剧，是孙大雨先生翻译的《黎琊王》。老实说，我根本没办法把它读完，与流畅的朱生豪译本《李尔王》相比，这本书简直就是在考验读者的耐心。当时勉强能读完的还有曹禺先生翻译的《柔蜜欧与幽丽叶》，它仍然没有引起什么震撼，在我的印象中，这不过是一个西方版的《梁山伯与祝英台》，相形之下，我更喜欢曹禺创作的剧作《雷雨》和《北京人》。在那个被称为改革开放的最初年代，莎士比亚的著作开始陆续重新再版,1978年,朱生豪翻译的《莎士比亚全集》又一次问世,虽然号称新版,用的却是旧纸型,仍然是繁体字,到1984年第二次印刷,还是这个繁体字版。

莎士比亚对于中文系的学生,是一个拦在面前的山峰,喜欢不喜欢,你都绕不过去。当时最省力的办法就是看电影,我记得看过的莎剧有《第十二夜》《威尼斯商人》《仲夏夜之梦》《奥赛罗》《哈姆雷特》《安东尼与克莉奥佩特拉》。当然,还有一个更重要的原因,是为了学外语,有一种红封面由兰姆改写的《莎士比亚戏剧故事集》,成为那年头学英语最好的课外教材。

## 2

兰姆的英语改写本,普及了大家的莎士比亚知识,除了常见的那些名剧,我不得不坦白交代,自己对莎剧故事的了解,有很多都是因为这个改写本。除非有什么特殊的原因,通常情况下,我们不会花大力气去阅读剧本。剧本贵为一剧之本,多数情况下也都是说着玩玩儿。戏是演给别人看的,这是一个三岁孩子都会明白的简单道理,我们兴高采烈地走进剧场,找到了自己的座位,享受实况演出的热烈气氛,很少会去探究别人的感受,揣摩他们到底看没看过这部戏的剧本。

经常能够上演的莎剧其实并不多,说来说去,不过就是老生常谈的那几部,而且几乎全部是改编过的。改编的莎士比亚剧,还应不应该叫莎士比亚剧,已经扯不清楚了。莎士比亚不可能从地底下爬出来与人打版权官司。作为改写大师,兰姆先生自己似乎是最反对改编。他不仅反对改编,更极端的是还反对上演。兰姆的观点与我那位考研落榜的朋友,有着不约而同的惊人相似,都认为莎士比亚的剧本,尤其是他的悲剧人物,并不适合在舞台上表演。兰姆认为,演员的表演对我们理解莎剧,更多的是一种歪曲:

> 我们在戏院里通过礼堂听觉所得到的印象是瞬息间的,而在阅读剧本时我们则常常是缓慢而逐渐的,因而在戏院里,我们常常不考虑剧作家,而去考虑演员了,不仅如此,我们还偏要在我们的思想里把演员同他所扮演的人物等同起来。

翻译兰姆这些文章的杨周翰先生归纳了兰姆的观点:

> 看戏是瞬息即过的,而阅读则可以慢慢思考;演出是粗浅的,阅读可以深入细致;演出时,演员和观众往往只注意技巧,阅读时则可以注意作家,细味作家的思想;舞台上行动多,分散注意力,演不出思想、思想的深度或人物的思想矛盾;舞台只表现外表,阅读可以深入人物内心、人物性格、人物心理;舞台上人物的感情是通过技巧表演出来的,是假的,阅读才能体会人物的真实感情。

兰姆相信莎士比亚的剧作比任何其他剧作家的作品，更不适合舞台演出。这与有人认为好的小说，没办法被改编成好电影的观点惊人一致。兰姆觉得，莎剧中的许多卓越之处，演员演不出来，是"同眼神、音调、手势毫无关系的"。我们通常说谁谁谁演的哈姆雷特演得好，高度夸奖某人的演技，并不是说他演的那个哈姆雷特，就完全等同莎士比亚剧本中的哈姆雷特。不同的演员演示着不同的哈姆雷特，他们卖命地表演着，力图使我们相信，他们就是莎士比亚笔下的哈姆雷特，但是事实上他们都不是。一千个人的眼里，有一千个哈姆雷特。对此，歌德的态度也与兰姆差不多，他提醒我们千万别相信戏子的表演，歌德认为只有阅读莎士比亚的剧本，才是最理想最正确的方式，因为：

> 眼睛也许可以称作最清澈的感官，通过它能最容易地传达事物。但是内在的感官比它更清澈，通过语言的途径，事物最完善最迅速地被传达给内在的感官；因为语言是真能开花结果的，而眼睛所看见的东西，是外在的，对我们并不发生那么深刻影响。

上文中的"语言"，如果翻译成"文字"，或许更容易让人理解，歌德的意思也是说，看戏远不如看剧本。最好的欣赏莎士比亚方法，不是走进剧场，不是看电影看电视，而是安安静静坐下来，泡上一壶热茶，然后打开莎士比亚的剧本，把我们的注意力停顿在文字上面，"手披目视，口咏其言，心惟其义"。在歌德看来，

莎士比亚想打动我们的,不仅仅是我们的眼睛,而且是为了打动我们内在的感官:

> 莎士比亚完全是诉诸我们内在的感官的,通过内在的感官,幻想力的形象世界也就活跃起来,因此就产生了整片的印象,关于这种效果我们不知道该怎样去解释;这也正是使我们误认为一切事情好像都在我们眼前发生的那种错觉的由来。但如果我们把莎士比亚的剧本仔细察看一下,那么其中诉诸感官的行动远比诉诸心灵的字句为少。他让一些容易幻想的事情,甚至一些最好通过幻想而不是通过视觉来把握的事情在他的剧本中发生。哈姆雷特的鬼魂,麦克白的女巫,和有些残暴行为通过幻想力才取得它们的价值,并且好些简短的场合只是诉诸幻想力的。在阅读时所有这些事物很轻便恰当地在我们面前掠过,而在表演时就显得累赘碍事,甚至令人嫌恶。

说白了,一句话,莎士比亚的剧本,需要用心去慢慢品味。好货不便宜,只有多读,才能真正地读出味道。读书百遍其义自见,关键还在于仔细阅读。谁都可以知道一些莎剧的皮毛,一部作品一旦成为名著,一旦在书架上占据了显赫的位置,一旦堂而皇之写进了文学史,它就可能十分空洞地成为人们嘴上的谈资,成为有没有文化的一个小资标志。我们所能亲眼看到的大部分莎剧,都是经过了删节,大段的台词被简化了,剧情更集中了,简化和集中的理由,据说并不是因为演员没办法去演,而是观众没办法去欣赏。观众是舞台剧的消费者,消费者就是上帝。上帝的耐心都是有限的,而且难以捉摸,他们感兴趣的不是故事情节,并不在乎已发生了什么故事,不在乎还将发生什么情节,自从莎剧成为经典以后,很少有观众对正在观看的故事一无所知,人们只是在怀旧中欣赏演员的演技,在重温一部早已心知肚明的老套旧戏。这一点与中国京戏老观众的趣味相仿佛,我们衣着笔挺地走进剧场,不过是一种奢侈的消费行为,是一件雅事。

## 3

俄国的两位大作家,都情不自禁地对莎士比亚发表了自己的看法。屠格涅夫借批评哈姆雷特,对莎剧颇有微词,他的态度像个绅士,总的来说还算温和。托尔斯泰就比较厉害,他对莎士比亚进行了最猛烈的攻击,口诛笔伐,几乎把伟大的莎士比亚说得一无是处。有趣的是,他们的观点与法国作家雨果形成了尖锐对比。两位俄国作家的认识,与法国人雨果显然水火不容,一贬一褒,雨果对莎士比亚推崇备至,把莎剧抬到一个让人瞠目结舌的地步。

这显然与雨果的浪漫主义小说观点有关。上世纪 80 年代初,大学课堂上用的课本,不是以群的《文学概论》,就是蔡仪的

《文学概论》。无论哪个课本，都太糟糕，都没办法看下去。我始终闹不明白，大学的课堂上，为什么非要开设这么一门莫名其妙的课程。让我更不明白的是，当时还会有很多同学乐意在这门味同嚼蜡的功课上下功夫。虽然一而再地逃学，我耳朵边仍然不时地回响着现实主义和浪漫主义之类的教条。它们让人感到厌倦，感到苦恼，我弄不明白什么是现实主义，什么是浪漫主义，那时候不明白，现在依然不太明白。

以我的阅读经验，浪漫主义大致都推崇莎士比亚，现实主义一般都对莎士比亚有所保留。这可以从作家的喜恶上看出门道，托尔斯泰觉得莎剧"不仅不能称为无上的杰作，而且是很糟的作品"，雨果则认为莎士比亚是"戏剧界的天神"。今天静下心来再次阅读莎士比亚，仿佛又听见我的前辈们在喋喋不休，依然在维护着他们的门户之见。读过托尔斯泰小说的人，很容易明白他为什么不喜欢莎士比亚。在托尔斯泰的小说中，语言要精准，情节要自然，可以有些戏剧性，甚至可以大段地说教，但是绝不能太夸张，过分夸张就显得粗鄙和野蛮。现实主义小说在骨子里，和古典主义的戏剧趣味不无联系，它们都有着相同的严格规定。

莎剧是对古典主义戏剧的反动，现实主义小说又是对莎剧的反动。这是否定之否定，事实上，很多法国作家对莎士比亚并不看好，就像他们不看好雨果的《欧那尼》一样。或许正是这个缘

故,浪漫派的领军人物雨果,要热烈赞扬和极度推崇莎士比亚:

> 如果自古以来就有一个人最不配获得"真有节制"这样一个好评,那么这肯定就是威廉·莎士比亚。莎士比亚是"严肃的"美学从来没有遇见过的而又必须加以管教的最坏的家伙之一。

雨果用"丰富、有力、繁茂"来形容莎士比亚,在雨果的眼里,莎士比亚的作品是丰满的乳房,有着挤不完的奶水,是泡沫横溢的酒杯,再好的酒量也足以把你灌醉。

他的一切都以千计,以百万计,毫不吞吞吐吐,毫不牵强凑合,毫不吝啬,像创造主那样坦然自若而又挥霍无度。对于那些要摸摸口袋底的人而言,所谓取之不尽就是精神错乱。他就要用完了吗?永远不会。莎士比亚是播种"眩晕"的人,他的每一个字都有形象,每一个字都有对照,每一个字都有白昼与黑夜。

莎剧的不适合在舞台上表演,会不会与它太多的播种"眩晕"有关?与观看舞台剧相比,静下心来阅读剧本,要显得从容得多。当我们跟不上舞台上的台词时,可以停下来琢磨一下为什么,可以反复地看上几遍。剧场里的一切,都会显得太匆忙,一大段令人"眩晕"的台词还没有完全听明白,人物已经匆匆地下场了。然而,剧场里那种"眩晕"的感觉,在阅读时能不能完全避免呢?换句话说,莎剧在剧场里遇到的问题,在观众心目中产生的尴尬,阅读剧本时是不是就可以立刻消失。我们在对剧本叫好的同时,是不是也会从内心深处感到太满,感到过分夸张,而这种太满和夸张,是不是就是托尔斯泰所说的那种"粗鄙和野蛮"。

## 4

说到底,还是要看我们以一种什么样的心情,去看待莎士比亚。莎士比亚太老了,我们的阅读心态却总是太年轻。对于中国的读者来说,有时候,误会只是不同的翻译造成的。比较不同的译本,几乎可以读到完全不一样的莎士比亚。我们都知道,在文学艺术的行当里,诗体和散文体有着非常大的不同,卞之琳先生在翻译《哈姆雷特》的时候,为了保持原文的"无韵诗体"的风格,译文在诗体部分"一律与原文行数相等,基本上与原文一行对一行安排,保持原文跨行与中间大顿的效果"。结果我们就见到了这样一些奇怪的句式,哈姆雷特在谴责母亲时说:

嗨,把日子

就过在油腻的床上淋漓的臭汗里,

泡在肮脏的烂污里,熬出来肉麻话,

守着猪圈来调情——

要想保持诗的味道,并不容易,卞先生的译文读起来很别扭,相比之下,翻译时间更早的朱生豪译本反而顺畅一些:

嘿,生活在汗臭垢腻的眠床上,让淫邪熏没了心窍,在污秽的猪圈里调情弄爱——

朱生豪的译文是散文体,它显然更容易让大家接受。事实上,我们今天所习惯的莎士比亚,大都源自他的译本。不妨再比较下面一段最著名的台词,丹麦王子自言自语,在朱生豪笔下是这样的:

> 生存还是毁灭,这是一个值得思考的问题;默然忍受命运的暴虐的毒箭,或是挺身反抗人世的无涯的苦难,通过斗争把它们扫清,这两种行为,哪一种更高贵?

卞之琳则是这样翻译的:

> 活下去还是不活:这是问题。
> 要做到高贵,究竟该忍气吞声,
> 来容受狂暴的命运矢石交攻呢,
> 还是该挺身反抗无边的苦恼,
> 扫它个干净?

诗体和散文体的差异显而易见。谁优谁劣,很遗憾自己不能朗读原文,说不清其中的是非曲直。当年老托尔斯泰一遍遍读了英文原著,在原著的基础上,比较俄文和德文读本,此等功力,如何了得。据说德文译本是公认的优秀译本,孙大雨先生在《黎琊王》的序中,就对其进行过赞扬。与大师相比,我只能可怜巴巴地比较不同的莎士比亚中文译本,而其中十分优秀的梁实秋译本,因为手头没有,也无从谈起。

就我所看到的译文,显然是朱生豪的译文最占便宜,最容易为大家所接受。要再现原文的韵味,这绝不是一件轻易就可以做到的事情。散文体的翻译注定会让诗剧大打折扣,但是,仅仅是翻译成分了段的现代诗形式,也未必就能为莎剧增色。曹禺先生曾翻译过《柔蜜欧与幽丽叶》,以他写剧本的功力,翻译同样是舞台剧的莎士比亚剧,无疑是最佳人选,但是他的译笔让人不敢恭维,譬如女主角的一大段台词,真不知道让演员如何念出来:

> 你知道黑夜的面罩,遮住了我,
>
> 不然,知道你听见我方才说的话,
>
> 女儿的羞赧早红了我的脸。
>
> 我真愿意守着礼法,愿意,愿意,
>
> 愿意把方才的话整个地否认。
>
> 但是不谈了,这些面子话!
>
> …………
>
> 我是太爱了,
>
> 所以你也许会想我的行为轻佻
>
> 但是相信我,先生,我真的比那些人忠实,
>
> 比那些人有本领,会装得冷冷的。
>
> 我应该冷冷的,我知道,但是我还没有觉得,
>
> 你已经听见了我心里的真话,
>
> 所以原谅我,

16

千万不要以为这样容易相好是我的轻狂,

那是夜晚,一个人,才说出的呀。

分了行的句子不一定就是诗,擅长写对话的曹禺,与诗人卞之琳相比,同样是吃力不讨好。同样的一段话,还是朱生豪的散文体简单流畅:

幸亏黑夜替我罩上了一重面幕,否则为了我刚才被你听去的话,你一定可以看见我脸上羞愧的红晕。我真想遵守礼法,否认已经说过的言语,可是这些虚文俗礼,现在只好一切置之不顾了……我真的太痴心了,也许你会觉得我的举动有点轻浮;可是相信我,朋友,总有一天你会知道我的忠心远胜过那些善于矜持作态的人。我必须承认,倘不是你乘我不备的时候偷听去了我的真情的表白,我一定会更加矜持一点的,是黑夜泄露了我心底的秘密,不要把我的允诺看作是无耻的轻狂。

静下心来仔细想想,时过境迁,伟大的莎士比亚的作品,或许不仅不适合在舞台上表演,甚至也很难适合于现代的大众阅读。剧场里发生的心不在焉,同样会发生在日常的阅读生活中。演员们自以为是的滔滔不绝,让我们心情恍惚,翻译文字个人风格的五光十色,让我们麻木不仁。除非认真地去比较,去鉴别,否则我们很可能被一些糟糕的翻译,弄得兴味索然胃口全无。很难说影响最大的朱生豪译文就是最佳,毕竟用散文体来翻译莎士比亚剧,只是一种抄近路的办法,虽然简单有效,却产生了一种人为的非诗的质地变化。

我读过吕荧先生翻译的《仲夏夜之梦》,也读过方平先生翻译的《莎士比亚的喜剧5种》,总的印象是比朱生豪的译本更具有诗的形式和味道,但是典雅方面都赶不上。就个人兴趣而言,我更愿意接受朱生豪的译本,朱生豪和莎士比亚,犹如傅雷和巴尔扎克,在中国早就合二为一,要想在读者心目中再把他们强行分开已很困难。成也萧何,败也萧何,因为朱生豪的散文笔法,莎士比亚不再是一位诗人,他的诗剧也成了道地的散文剧。基于这个原因,与朱生豪几乎同时期的孙大雨译本,便有了独特的地位。有比较才能有鉴别,在我所读过的莎剧译本中,似乎只有孙大雨的翻译,能与朱生豪势均力敌。

事实上,最初我并没有读出孙大雨译文的妙处,他强调的是节奏,将那种诗的节奏,称为音组和音步。在他看来,诗不仅仅是分行,不仅仅是押韵,最关键的是要有诗的节奏。在新诗流行的20世纪,这样的诗歌观点会引起写"自由诗"的人公愤,不自由,毋宁死,好好的一首诗岂能戴着镣铐去跳舞。同时也让老派的人不满,不讲究平仄也就罢了,连韵也敢不押,还叫什么狗屁的诗。老李尔王在遭到第一个女儿背叛的时候,有一段很著名的诅咒,朱生豪是这样翻译的:

听着,造化的女神,听我的吁诉!要是你想使这畜生生男育女，请你改变你的意旨吧！取消她的生殖的能力，干涸她的产育的器官，让她下贱的肉体里永远生不出一个子女来抬高她的身价！要是她必须生产，请你让她生下一个忤逆狂悖的孩子，使她终身受苦！让她年轻的额角上很早就刻了皱纹；眼泪流下她的面颊，磨成一道道沟渠；她的鞠育的辛劳，只换到一声冷笑和一个白眼；让她也感觉到一个负心的孩子，比毒蛇的牙齿还要多么使人痛入骨髓！

在这段译文中，朱生豪连续使用了感叹号，不这样，不足以表现出李尔王的愤怒。

孙大雨的翻译却完全是另外一种味道，他极力想再现莎剧原作的"五音步素体"韵文：

听啊，/造化，/亲爱的/女神，/请你听/
要是你/原想/叫这/东西/有子息，/
请拨转/念头，/使她/永不能/生产；/
毁坏她/孕育/的器官，/别让这/逆天/
背理/的贱身/生一个/孩儿/增光彩！/
如果她/务必要/蕃衍，/就赐她/个孩儿/
要怨毒/作心肠，/等日后/对她/成一个/
暴戾/乖张/不近情/的心头/奇痛。/
那孩儿/须在她/年轻/的额上/刻满/
皱纹；/两颊上/使泪流/凿出/深槽；/

19

将她／为母／的劬劳／与训诲／尽化成／

　　人家／的嬉笑／与轻蔑；然后／她方始／

　　能感到，／有个／无恩义／的孩子，／怎样／

　　比蛇牙／还锋利，／还恶毒！／……

　　把每一句分成五处停顿，据说这是莎剧诗歌的基本特点，读者喜欢也罢，不喜欢也罢，这样的翻译，今日阅读起来，难免别扭，但是对于理解原剧的诗剧性质，了解原剧风格的真相，却不无帮助。同时，强调诗的节奏，也不失为理解诗歌的一把钥匙。我们必须明白，常见的朱生豪式的散文化翻译，那种大白话一般的长篇道白，那种充满抒情意味的短句子，并不是莎士比亚原有的风格。这就仿佛为了便于阅读，白居易《长恨歌》已被好事者改成了散文，后人读了这篇散文，习以为常，结果竟然忘了它原来的体裁是诗歌。买椟还珠的事情是经常发生的，在西方人眼里，在西方文学史上，莎士比亚不仅仅是伟大的戏剧家，同时，也是一个非常重要的诗人。

　　诗是不能被别的东西所代替的。诗永远是最难翻译的。诗无达诂，而且不可能翻译。把西方的诗，翻译过来很难再现神韵；把东方的诗，贩卖到西方也一样。这注定是一个很大的遗憾。其实，就算是同一种语言，古典诗歌也仍然是没办法译成白话的。根据这个简单道理，那些动不动就拿到国外或者拿到国内来的著名诗歌，它们的精彩程度，都应该打上一个小小的问号。

# 5

重读莎士比亚,有助于当代的诗人们重新思考。什么是诗,诗是什么,生存还是毁灭,确实是值得思考,值得狠狠地吵上一场架。作为一个小说家,事实上,我不过是拿莎士比亚的剧本当作小说读。至于是应该去看舞台剧,还是关起门来潜心研讨剧本,或者仔细比较译笔的好坏,热烈地讨论它们像不像诗剧,这些都不是我想说的重点。人难免有功利之心,难免卖什么吆喝什么,我想我的前辈雨果和托尔斯泰,基本上也是这个实用主义的态度。隔行如隔山,在一个自己所不熟悉的领域,胡乱地插上一脚,只不过是因为自己有话要说,是典型的借题发挥,都是想借他人的酒杯,浇灭自己心中的忧愁。

无聊才读书,有时候很可能只是个幌子。很显然,莎剧是可以当作不错的小说读本来读,它的夸张,它的戏剧性,它的有力的台词,对于日益平庸的小说现状,对于小说界随处可见的小家子气,不失为一种良好的矫正。基于这个出发点,我既赞成托尔斯泰对莎士比亚的批判,也赞成雨果对莎士比亚的吹捧。有则改之,无则加勉,矫枉必须过正。现代小说变得越来越精致,越来越苍白,越来越无力,这时候,加点虎狼之药,绝不是什么坏事。

有一位学书法的朋友,对我讲到自己的练字经历。一位高人看了他的字以后,说他临帖功夫不错,二王和宋四家的底子都算扎实,可惜缺少了一些粗犷之气。往好里说,是书卷气太重,每一个字都写得不错,都像回事,无一笔无来历,笔笔都有交代;往不好里说,是没有自己的骨骼,四平八稳,全无生动活泼之灵气。世人尽学兰亭面,欲换凡骨无金丹。有病就得治,不能讳疾忌医,而疗效最好的办法,或许便是临碑文学汉简,反差不妨要大一些。先南辕而北辙,然后再极力忘却自己写过的字。

漫长的夏天就要结束了,一大堆夹带着霉味的莎士比亚剧本,即将被重新放回原处,成为装饰书橱的一个摆设。不知道该怎样评价自己的这次阅读,是还是不,困扰着丹麦王子的问题,似乎也在跟我过不去。重温莎士比亚,对我的文风能否起到一点矫正作用,恐怕也是一时说不清楚。良药苦口,金针度人,如果可能,我愿意让莎士比亚的作品,也成为可供临摹的碑文汉简,彻底洗一洗自己文风的柔弱之气。转益多师,事实上一个人读什么,不读什么,既可以随心所欲,又难免别有用心。人可以多少有些功利之心,但是也不能太世俗,欲速则不达,明白了这个道理,我们的心情便可以顿时平静下来。

不管怎么说,赤日炎炎,躲在空调房间里,斜躺在沙发上,重读古老的莎士比亚,还是别有一番情趣。阅读从来就是人生的一种享受,在回忆中开始,在回忆中结束,人生中有太多这样的不了了之。莎剧中的那些著名场景,哈姆雷特与鬼魂的对话,麦克白中令人不寒而栗的敲门声,奥赛罗在绝望中扼死了苔丝狄蒙娜,罗密欧关于爱情的大段念白,再次"通过语言的途径",完善并且迅速地开花,结果,它们又一次打动了我,打动了我这个已经不再年轻的读者。

2006 年 9 月 6 日于河西

# 《少年维特之烦恼》导言

　　歌德出生的时候,中国的曹雪芹正在埋头写《红楼梦》,满纸荒唐言,一把辛酸泪,等到歌德开始撰写《少年维特之烦恼》,曹雪芹早已离开人世。从时间上来说,少年维特开始风靡欧洲之际,《红楼梦》一书也正在坊间流传,悄悄地影响着中国的男女读者。很显然,相对于同时期的欧洲文化界,歌德已是一位对中国相对了解更多的人;但是事情永远相对,由于时代和地理的原因,西方对东方的了解并不真实,自始至终都难免隔膜和充满误会。欧洲当时推崇的中国诗歌和小说,差不多都是二流的,甚至连二流的水准也达不到。没有任何文字资料,可以证明歌德对曹雪芹的《红楼梦》有所了解,虽然歌德的家庭一度充满了中国情调,他家一个客厅甚至用"北京厅"来命名。

　　歌德时代欧洲的中国热,不过是一种上流社会追逐异国情调的时髦,在《歌德谈话录》一书中,歌德以令人难以置信的热烈口吻说：

> 中国人在思想、行为和情感方面几乎和我们一样，使我
> 们很快就感到他们是我们的同类人，只是在他们那里一切都
> 比我们这里更明朗，更纯洁，也更合乎道德。在他们那里，一
> 切都是可以理解的，平易近人的，没有强烈的情欲和飞腾动
> 荡的诗兴……

这些对于欧洲人来说似乎很内行的话，有意无意地暴露了歌德对
中国文化的无知。歌德心目中，中国人的最大特点，是人和自然
的和谐，金鱼总是在池子里游着，鸟儿总是在枝头跳动，白天一定
阳光灿烂，夜晚一定月白风清。中国成了一个并不存在的乌托
邦，成了诗人脑海里的"理想之国"。歌德相信，除了天人合一的
和谐，中国的诗人在田园情调之外，一个个都很有道德感，而同时
代的"法国第一流诗人却正相反"。为了让自己的观点更有说服
力，歌德特别举例说到了法国诗人贝郎瑞，说他的诗歌并非完美
无瑕，"几乎每一首都根据一种不道德的淫荡题材"。

　　歌德被德国人尊称为"魏玛的孔夫子"，这种称呼在明白点事
的中国人看来，多少有些莫名其妙。事实上，歌德并不是什么道
德完善的圣人，他也不相信仅仅凭单纯的道德感，就能写出第一
流的诗歌。任何譬喻都难免有缺陷，说歌德像孔夫子，更多的是
看重文化上的地位。以诗歌而论，歌德更像中国的杜甫，他代表
着德国古典诗歌的最高境界，以小说而论，说他像写《红楼梦》的

曹雪芹,也许最恰当不过。歌德被誉为"奥林帕斯神",是"永不变老的阿波罗",与大成至圣文宣先师的孔子相比,他更文学,更艺术。

歌德生前曾相信,他的小说不仅风靡了欧洲,而且直接影响到了遥远的中国。杨武能先生的《歌德与中国》一书中,援引了歌德的《威尼斯警句》,从中不难看到歌德的得意:

> 德国人摹仿我,法国人读我入迷,
>
> 英国啊,你殷勤地接待我这个
>
> 憔悴的客人;
>
> 可对我又有何用呢,连中国人
>
> 也用颤抖的手,把维特和绿蒂
>
> 画上了镜屏

这又是一个想当然的错误,如果歌德明白了大清政府的闭关锁国政策,明白了当时耸人听闻的文字狱,他就会知道在自己还活着的时候,古老和遥远的中国绝不可能流行维特和绿蒂的故事。此时的大清帝国处于康乾盛世尾声,正是乾嘉学派大行其道之时,对于中国的读书人来说,无论诗歌还是小说,都是不算正业的旁门左道。歌德并不真正了解东方的中国,而中国就更不可能了解西方的歌德。歌德的伟大,在于已经提前预感到了世界文学的未来,他相信在不远的未来,世界各国的文学将不再隔膜,那时候,不仅西方的文学将相互影响,而且神秘美妙的东方文学,也会加入世界文学的大家庭中来。歌德近乎兴奋地对爱克曼说，他越来越相信诗是人类的共同财产，随时随地正由成千上万的人创造出来，任何人都不应该因为写了一首好诗，就夜郎自大地觉得他了不起。歌德充满信心地发表了自己的宣言，他认为随着文学的发展，单纯的民族文学已算不了什么玩意儿，世界文学的时代正在来临，每一个从事文学创作的人，"都应该出力促使它早日来临"。

中国人知道歌德，起码要比歌德了解中国晚一百年。有趣的是，经过专家学者的考订，虽然零零碎碎可以找到一些文字数据，证明歌德这个名字早已开始登陆中国，然而歌德作品的真正影响，并不是来自遥远的西方欧美，而是来自不很遥远的东方日本。歌德并不是随着八国联军的洋枪大炮闯入中国的，在"中西为体，西学为用"的思想基础上，中国人向西方学习的动机，首先是"富国强兵"，是"船坚炮利"的物质基础；其次才是精神层面的文学艺术。以古怪闻名的辜鸿铭先生也许是最早知道歌德的中国人，他在西方留学时，曾与一个德国学者讨论过歌德，话题是这位大师是否已经开始过气，而他们的结论竟然是完全肯定。在辜鸿铭笔下，歌德最初被翻译成了"俄特"，所谓"卓彼西哲，其名俄特"。

最初有心翻译介绍歌德作品的中国人，应该是马君武和苏曼殊，这两位都是留日学生。王国维和鲁迅在各自的文章中，也曾以赞扬的语调提到过歌德，他们同样有着留日的背景。不管我们愿意不愿意，不管我们相信不相信，中国的现代化进程一直都与近邻日本紧密联系。他山之石，可以攻玉，我们似乎已习惯了跑到邻居家去借火沾光，革命党人跑去避难，年轻有为的学生跑去求学，为了学习军事，为了学习文学或者科学。最终引起了战争也好，输入了革命思想也好，反正这些都是值得研究的课题。说到底，歌德在中国的真正走红，无疑要归功于郭沫若在1922年翻译出版的《少年维特之烦恼》，而郭沫若之所以会翻译，显然又与他留学东洋期间，这本书在日本的家喻户晓有关。众所周知，歌德最伟大的作品应该是《浮士德》，但是要说到他的文学影响，尤其是对东方的影响，恐怕还没有一本书能与《少年维特之烦恼》媲美。

不太清楚郭沫若译《少年维特之烦恼》之后，中国大陆一共出版了多少种译本，影响既然巨大，数量肯定惊人。也许多得难以统计，根本就没办法准确计算，经过上网搜索，只查到了一位日本学者统计的数字，迄今为止，在日本一共出版了四十五种《少年维特之烦恼》。这是个惊人的数字，却很容易一目了然地说明问题。任何一本书，能够产生广泛的影响，通常都有产生影响的基础。研究西方文学对中国文学的渗透，不难发现，很长一段时间内，歌德的影响力要远远大于其他作家。时至今日，读者对外国文学的兴趣早已五花八门，同样是经典，有人喜欢英国的莎士比亚，有人喜欢法国的巴尔扎克，有人更喜欢俄国的托尔斯泰或者陀思妥耶夫斯基,还有人喜欢各式各样的诺贝尔文学奖得主,但是,以"五四"新文化运动为特征的现代文学,却一度被《少年维特之烦恼》弄得十分癫狂,年轻的读者奔走相告,洛阳顿时为之纸贵,由"维特热"引发为"歌德热",显然都是不争的历史事实。

回顾上世纪发生在中国的"歌德热",无疑以两个时期最为代表。一是"五四"之后,这是一个狂飙和突飞猛进的时代,思想的火花在燃放,自由的激情在蓬勃发展,郭沫若译本应运而生,深受包办婚姻之苦的年轻人,立刻在维特的痛苦中找到了知音,在维特的烦恼中寻求答案。爱情开始被大声疾呼,热恋中的男女开始奋不顾身,少年维特的痛苦烦恼引起了一代年轻知识分子的思考。再是粉碎"四人帮"之后,经过了十年的文化浩劫,启蒙的呼唤声再次惊天动地响起,世界文学名著在瞬间就成为读者争相购买的畅销书,1982 年歌德逝世一百五十周年之际,纪念活动达到了前所未有的高潮,"歌德与中国·中国与歌德"的国际学术讨论会在当时的西德海德堡召开,中国派出了以冯至为首的代表团。冯至是继郭沫若之后,歌德研究方面的最高权威。

比较两次不同时期的"歌德热",惊人的相似中,还是能够发现某些不一样,譬如在"五四"以后,《少年维特之烦恼》在读者市场几乎是一枝独秀,它成了追逐恋爱自由的经典读本,引来了为数众多的模仿者。这得力于当时新文化运动的社会风气,得力于当时的青春豪情与热血冲动,正好与歌德写完小说的那个时代相接近,维特的遭遇深入了人心,文学革命最终引发了社会革命。上世纪80年代的歌德热却呈现出了多样性,另一方面呢,作为世界文学名著,歌德再次赫然出现在书架上,与其他的一些世界文学大师相比,他的作品虽然也畅销,但并没有什么明显的压倒优势。在过去,看歌德的作品,更容易与年轻人产生心灵感应,有着强烈的现实意义。在今天,与阅读其他大师的作品一样,更多的只是为了提高文学修养,具有重读经典的意味。这是个只要是文学名著就好卖的黄金时代,而在歌德的一系列作品中,又以《少年维特之烦恼》的销量最大,各式各样的译本也最多,无论印多少都能卖出去,但是说到影响力,已很难说是最大。歌德所预言的那个世界文学时代终于到来了,据资料统计,中国进入新时期以来,歌德作品的翻译品种、印数和销量都达到了前所未有的高度,除了《少年维特之烦恼》,其他的作品恐怕都很难说是畅销。

为什么到了今天,歌德的《少年维特之烦恼》还会有那样的生命力,这显然是与读者有关。文学作品的最大阅读人群,从来都是涉世未深的年轻人。以今天的习惯用法,"少年"维特其实应该是"青年"维特,当初郭沫若翻译的时候,用的只是汉语的古义,古人称"少年"为青年,与今人所说的少年儿童并不是一个意思。少年不识愁滋味,这个少年就不是指小孩。"少年中国"和"少年维特",都是非常具有"五四"特征的词汇,这里的少年特指青春年华、意气风发的青年人,与幼稚的孩童无关。《少年维特之烦恼》

在过去拥有读者,在现在仍然还能拥有读者,根本原因就在于它能够被年轻人喜爱。无论时代如何发展,无论科学如何进步,年轻人总是有的,年轻人的追求和烦恼也总是有的,只要有年轻人,有年轻人的追求和烦恼,《少年维特之烦恼》就一定还会有读者。

此外,从世界文学相互交流的角度去考察,同样是歌德的作品,之所以《少年维特之烦恼》会比更具有人性深度的《浮士德》更容易受到读者欢迎,除了是很好地迎合年轻人的阅读心理,恐怕也与散文体的更容易翻译和诠释有关。毫无疑问,世界文学的交流一方面势不可挡,但是不同的语言之间,仍然还会存在着难以逾越的障碍。诗无达诂,小说比较容易再现原著的神韵,只要故事不太离谱,创作者的本意,翻译者比较容易传达,读者也比较容易把握,而讲究韵律的诗歌就大不一样。中国的好诗很难翻译到国外去,欧洲的好诗同样也难以翻译成中文。虽然歌德的《浮士德》已出现了多个中文译本,可是读者在接受叙事诗风格的《浮士德》时,总是不能像接受《少年维特之烦恼》那样来得直截了当。

2007 年 4 月 17 日于河西

# 契诃夫的夹鼻镜

## 1

大约还是个小孩子的时候，就知道契诃夫是非常好的作家。或许也可以叫作潜移默化，反正大人们都这么说，听多了，不受影响几乎不可能。契诃夫在我的最初印象中，是书橱上一大排书，各种各样版本，大大小小厚厚薄薄，汝龙通过英文翻译的那套二十多卷本最整齐。当然，再也忘不了那张经典照片，正面照，头发微微向上竖起，大鼻子上架一副眼镜。父亲跟我详细解释过这种眼镜，它不是搁在耳朵上，是夹在鼻子上，夹的那个位置一定很痛，因此眼镜架上总会有根链子，平时搁上衣口袋里，要用了，拿出来夹鼻子上。外国人鼻子大，夹得住，不过还是会有意外，譬如正喝着汤，一不小心掉下来，正好落在汤盘里。

一向不愿意回答家庭对我的文学影响，很多人都喜欢追问，喜欢就这话题写成八卦类的小文章，其实真谈不上有什么太大影响。不知不觉中，大人们总会跟你灌输一些看法，他们说的那些成人观点，他们的文学是非，你岁数小的时候根本听不懂。譬如说契诃夫最好的小说是《草原》，是《六号病室》，是他的剧本《樱桃园》，是《海鸥》，是《万尼亚舅舅》。我的少年阅读经验中，契诃夫从来不是有吸引力的作家，他的书都是竖排本，《草原》虽然写了孩子，可是并不适合给孩子阅读。至于剧本，更没办法往下看，戏是演给观众看的，那些台词要大声念出来才有效果。如果在我的青少年时代，契诃夫的戏剧可以上演，我们直接观摩看戏，而不是面对枯燥的剧本，结局完全不一样。

　　断断续续总能遇到一些契诃夫的小说，他的短篇最适合编入教材，最适合用来给学生上课。对西方人是这样，对东方人也是。我们说一部好的短篇小说，要有批判精神，要有同情心，要幽默，要短小机智，所有这些基本元素，都可以轻易在他的小说中找到。我一个堂哥对契诃夫的看法跟我父亲差不多，他觉得能把契诃夫晚年的几篇小说看懂了，把几个好剧本读通了，就能真正明白这个作家是怎么回事，就会立刻知道什么才是最好的小说家，什么才是最好的剧作家。

　　在我的文学影响拼图中，契诃夫确实尴尬，肯定有他的位置，而且也还算相当重要，可是总有些说不明道不白。无疑是位经典作家,是一位你不应该绕过去的前辈,可惜课堂上的契诃夫常常一本正经不惹人喜爱,成为一个批判现实主义的符号。换句话说,在我的读书年代,选择让大家阅读的契诃夫作品,都不是太让人喜欢——我不喜欢《套中人》,不喜欢《凡卡》,不喜欢《小公务员之死》。老师讲得津津有味,我却在课堂上读别人的作品。毫无疑问,契诃夫身上汇聚着一个作家的许多优点,在我看来,仅仅有一点已足够,那就是"含泪的微笑"。有点泪,有点微笑,一个作家有这点看家本领足够了。

我不太喜欢小说中的讽刺,不太喜欢小说中的批判,它们可以有,也可以没有。不喜欢的理由是它们还不能完全代表优秀,我不喜欢小说的居高临下,不喜欢它自以为是的优越感。对于同情和怜悯也一样,一个作家不应该仅仅是施善者。在上帝面前,我们都是不幸的,同时我们又都很幸运。我不认为小说家必须是思想家,是说道理的牧师,是阐释禅经的和尚,是把读者当作自己弟子的孔老二。一个好作家如果还有些特别,就是应该有一双与别人不太一样的眼睛,他能看到别人容易忽视,或者别人从来就没看到的东西。有时候,重要的不只是真相,而是你究竟想让别人看到什么。

据说契诃夫逝世不久,熟悉他的人已开始为他的眼睛是什么颜色展开热烈争论,有人说是黑色的,有人说是棕色的,还有人说更接近蓝色。对于没有亲眼见过契诃夫的人来说,这永远都会是一个八卦。对于那些见过契诃夫的人，因为熟视无睹，同样还可能是个疑问。

## 2

真相总是让人难以置信，契诃夫对我更多的只是一种励志。现在说出来也不丢人，我的文学起点很低，最初的小说非常一般。除非你是个天才，大多数从事文学的人，都会有一个很低的起点。我们都是普通人，都是常人，都会有这样那样的天生缺陷。刚开始学习写作，我很希望自己能写《第六病室》和《草原》那样的作品，那时候，我的脑海里有着太多文学样板，可供挑剔的选择太多。相对于俄国古典文学，我似乎更喜欢 20 世纪的美国作家。在俄国文学中，契诃夫可能还算年轻，但是他的年龄，也比鲁迅的老师章太炎先生还要大九岁。不妨再比较一番，鲁迅已经老得不能再老了，然而他的岁数，居然还可以是海明威和福克纳的父辈，因此，作为文学新手的我们，追逐更时髦更年轻的文学偶像无可非议。

我从来都不是个有文学信心的人，作为一名"文二代"或"文三代"，注定了会眼高手低。文学野心是最没用的东西，是骡子是马，你得遛过了才知道。小说只有真正写了，你才会知道它有多难写，你才会知道它是多么不容易。好东西都可遇不可求，古来万事贵天生,没有技巧是最好的技巧,这些可以是至理名言,也可以变成空洞大话,变成偷懒借口,真理常常会堕落成邪门歪道。因此,看到自己小说中的种种不足,发现小说写得那么不如意,你只能跟自己较劲,只能咒骂自己。笨鸟必须先飞,勤能补拙,功不唐捐,不是文学天才的人,只有多写这一条胡同,哪怕是条死胡同。

契诃夫就是这方面的最好代表,是文学起点低的最好代言人。如果我没记错,他不止一次说过,自己从一个三流作家,逐渐步入一流。毫无疑问,什么话都是相对的,契诃夫的三流,很多人看来早已属于一流。这个话题不宜展开,也说不清楚,反正多写总归不会有错。契诃夫的最大特点就是多写,他的窍门就是写,真刀实枪操练,好坏不管写了再说。很多人喜欢把文学的位置放得非常高,弄得过分神圣,神圣过了头,就有点神神鬼鬼。文学改变不了社会,拯救不了别人,它能拯救的只是你自己。写作就是写,用不着选好日子,用不着三叩九拜,用不着沐手奉香。写好了是你运气,写不好再继续再努力。

年轻的契诃夫写了一大堆东西,自然不是为了故意三流,他只不过是喜欢写。喜欢才是真正的王道,喜欢写作的人,三流一流本来无所谓,不像有些人,他们对文学并不热爱,或者说根本就谈不上喜欢,他们从事文学,仅仅为了当一流的作家,为了这个奖那个奖,为了反腐败,为了世道人心,为了拯救似是而非的灵魂。

36

契诃夫是学医的,他玩文学完全业余,是为了贴补家用,是因为走火入魔喜欢写,三流一流的话题也是说说而已,对他来说没有意义。

中国现代文学史上的巴金和丁玲,属于一炮而红,相同例子还有曹禺,都是不鸣则已,一鸣惊人。他们大大咧咧走上了文坛,上来就登堂入室,就等着日后进入名人堂。他们好像都没经过让人有点难堪的三流阶段。与契诃夫的例子差不多的是沈从文,沈先生远没有上述几位作家的好运气,他能够苦熬出来,多年媳妇熬成婆,一是靠自己的笨办法,多写拼命写,还有就是靠文坛上的朋友帮忙推荐。他的创作道路是个很好的励志故事,沈先生曾经说过,一个人只要多写,认真写,写好了一点都不奇怪,写不好才奇怪。记得年轻的时候,退稿退得完全没有了信心,我便用沈先生的话来鼓励自己。为什么你会被退稿,为什么你写不出来,显然是写得还不够多,因此,必须向前辈学习,只有多写,只有咬着牙坚持。有时候,多写和认真写是我们唯一可控的事。出水再看两腿泥,沈先生和他的文学前辈契诃夫一样,如果不是坚持,如果不能坚持,他们后来的故事都可以免谈。

契诃夫出生那年,1860 年,林肯当了美国总统,英法联军攻陷北京,一把火烧了圆明园。太平天国还在南方作乱,大清政府惶惶不可终日,两年前签订的《瑷珲城和约》,就在这一年正式确认。此前还一直硬扛着不签字,说签也就签了,这一签字,中国的大片区域,成了俄国人的"新疆",而库页岛也就成了契诃夫与生俱来的国土。熟悉契诃夫小说的人都知道,如果他不是去那里旅行,世界文学史便不会有一篇叫《第六病室》的优秀中篇小说。

考虑到只活了四十四岁,考虑到已发表了大量小说,1888年,二十八岁的契诃夫基本上可以算一位高产的老作家了。这一年,是他的幸运之年,他在《北方导报》上发表了中篇小说《草原》。此前他的小说,更多的都发表在三流文学期刊上,《北方导报》有点像美国的《纽约客》,有点像中国的《收获》和《人民文学》,想进入纯文学的领地,必须到那儿去应卯。契诃夫闯荡文学的江湖已久,从此一登龙门,点石成金身价百倍。他开始被承认,并得奖,得了一个"普希金文学奖"。这个奖在当年肯定有含金量,大约和我们的鲁迅文学奖差不多。

## 3

《草原》和《第六病室》是中篇小说中的好标本,是世界文学中的珍贵遗产,说是王冠上的明珠也不过分。如果要选择世界最优秀的十部中篇小说,从这两部小说中选一个绝对没有问题。

文学的江湖常会有些不成文规则,有时候,一举成名未必是什么好事。譬如巴金,大家能记住的只是《家》,而他此后做的很多努力,都可能被读者忽视。以文学品质而论,巴金最好的小说应该是他后期创作的《憩园》，是《寒夜》。那种近乎不讲理的误读，不仅发生在一炮而红的作家身上，而且会殃及苦苦地写了一大堆东西的作家。很多人其实并不怎么关心契诃夫在他真正成名前，曾经很努力地写过什么。同样的道理，大家谈论沈从文，是因为《边城》；谈论纳博科夫，是因为《洛丽塔》。

代表作会让阅读成为一种减法，而减法又是省事和偷懒的代名词。以一个同行的眼光来看，一个优秀作家，他的所有作品，都应该是作者文学生命的一部分。一个人也许要吃五个包子才会饱，不能因此就说，光是吃那第五个包子就行了，对有些作家来说，你真不能太着急，你就得一个包子接着一个包子吃，非得慢慢地吃到第五个，你才会突然明白写作是怎么回事。火到猪头烂，马到才成功，好的买卖往往并不便宜。伟大的纳博科夫与海明威同年，这一年出生的作家还有阿根廷的博尔赫斯，还有中国的老舍和闻一多，如果仅仅是看成名，纳博科夫成名最晚，晚得多，他的《洛丽塔》出版时，已是我这把年纪的老汉，已经接近了花甲之年。

话题还是回到契诃夫身上。他就是一名干写作活儿的农夫，只知耕耘不问收获。刚开始可能还是为了些小钱，到后来，作为一名医生的他，如果不是因为热爱，不是喜欢干这个活儿，完全可以放弃写作。中国人谈写作，过去常常要举鲁迅的例子，常常要举郭沫若的例子，都喜欢煞有介事地说他们放弃医学，从事文学，是因为文学对中国更有用，或者说文学比医学更重要更伟大。这样的看法，不仅是对医学的不尊重，也是对文学的亵渎。对于那些有心要从事文学的人来说，有一个观点必须弄明白，有句话必须说清楚，并不是文学需要你，你没有什么大不了，是你需要文学，是看你喜欢不喜欢文学。文学没有你没任何关系，一个热爱文学的人，没有文学，很可能就是一种完全不一样的生活。

契诃夫是我们文学前辈中最优秀的中短篇小说家，同时，他又是最优秀的剧作家。有时候，你甚至都难以区分清楚，到底是他的小说好，还是他的剧本更优秀。契诃夫究竟是应该写小说，还是应该写剧本，好像并没有人讨论这样的话题。很难想象的却是，一百多年前，已经成为小说大师的契诃夫，曾经为这个选择痛苦和不安。1896年，三十六岁的契诃夫创作了《海鸥》，这个剧本上演时，遭遇到了空前的惨败，观众一边看戏，一边哄堂大笑。当时的媒体终于找到一个狂欢机会，一家报纸很得意地评论说："昨天隆重的福利演出，被前所未闻的丑陋蒙上了一层暗影，我们从未见过如此令人眩晕的失败剧本。"另一家报纸的口吻更加刻薄："契诃夫的《海鸥》死了，全体观众一致的嘘声杀死了它。像成千上万只蜜蜂、黄蜂和丸花蜂充斥着观众大厅，嘘声是那么响亮那么凶狠。"

虽然此前也写过剧本，作为一名戏剧界的新手，契诃夫似乎已意识到这部作品可能会有的厄运，他准备撤回出版许可，甚至有些心虚地不打算参加首演。然而,首演成功的诱惑毕竟巨大,剧作者当然渴望观众的认同,当然渴望剧场上的掌声。在契诃夫小心翼翼的期待中,演出开始了,上演到第二场的时候,为了躲避观众的嘘声和嘲弄,他躲到了舞台后面。这是一场活生生的灾难,是一个写作者的末日,演出总算结束了,本来还假想是否要上台接受观众献花的契诃夫,连外套都没来得及穿,就从剧场的侧门脸色苍白地逃了出去。

深夜两点,痛苦不安的契诃夫还独自一人在大街上游荡。巨大的失望变成了一种绝望,回家以后,他对一个朋友宣布:"如果不能活到七百岁,我就再也不写剧本了。"其实这个结果完全可以预想到,事情都是明摆着的,就像面对你的小说读者一样,写作者永远是孤独的、无援的,对你的受众是否能接受你,必须有一个痛苦的磨合过程。像契诃夫这样的戏剧大师,也许注定了不能一帆风顺,也许注定了不能一炮而红,也许注定了要经历失败。从三流作家变成一流作家需要一个过程,这个改变需要付出代价,要么是作家做出改变,要么是受众做出改变。

究竟是谁应该做出改变呢? 在小说中,主动做出改变的是契诃夫,他的前后期小说,有着完全不一样的品质。很显然,如今在戏剧方面也出现了问题,什么问题呢? 他的做法不太符合当时的清规戒律,而所谓"清规戒律",说白了就是舞台剧的游戏规则。出来混,你就必须遵守规则。早在写作剧本期间,契诃夫就承认自己完全忽视了舞台剧应当遵守的基本原则,不仅仅是用来描绘人物的对话太长了,而且出现了最不应该的"冗长的开头,仓促的结尾"。

然而契诃夫并不觉得自己有什么不对,去他妈的基本原则,清规戒律也好,游戏规则也好,这些都是为平庸者而设置。只要自己觉得好,"冗长的开头"就是可以的,"仓促的结尾"就是有力的。这一次,契诃夫相信了自己的直觉,他宁愿放弃戏剧创作,也不愿意去遵守那些基本原则。换句话说,在写小说方面,他知道自己的确曾经有过问题,因此,必须做出改变的是他自己,而在戏剧方面,他没有错,他代表着正确的方向,问题出在观众方面,因此,必须做出改变的是观众。

要准备让受众做出改变的想法,无疑有些想当然,是一种莫名其妙的疯狂。一个作家能改变的只是自己,对于读者,对于观众,你不得不接受无能为力的命运。你用不着去迎合他们,读者和观众的口味五花八门,你根本不知道怎么才能让他们满意。与其知难而上,不如知难而退,写作说到底还是让自己满意,自己觉得不好,就进行修正;自己觉得不错,就坚定不移地坚持。

真正改变观众口味的是斯坦尼斯拉夫斯基,这位大导演彻底改变了契诃夫的命运。就在《海鸥》惨遭滑铁卢的第二年,斯氏创建了莫斯科艺术剧院,这以后又过了一年,也就是距离上次演出的两年后,斯坦尼斯拉夫斯基再一次将《海鸥》搬上了舞台。在俄罗斯的戏剧史上,这是一次巨大冒险,历史意义完全可以与法国雨果的《欧那尼》上演相媲美。当时,失败的阴影仍然笼罩在契诃夫心头,除了斯坦尼斯拉夫斯基,没有人看好这部戏,没有人知道最后会是怎么样。演出终于结束,结果大大超出意料。斯坦尼斯拉夫斯基后来回忆说:

> 所有的演员都捏着一把汗,幕在死一般的寂静中落了下来,有人哭了起来……突然观众发出了欢呼声和掌声,吼声震动着帷幔!人们疯狂了,连我在内,人们跳起了怪诞的舞蹈。

《海鸥》的成功像一场美梦,或者说它更像是从噩梦中苏醒过来,从那以后,演出一场接着一场,掌声再也没有停止过。一只飞翔的海鸥成为莫斯科艺术剧院的标志,契诃夫从此成为戏剧界最有影响的剧作家。《海鸥》也自然而然地成为这个著名剧院不断上演的保留节目,成为一种时尚,在当时,不去看契诃夫的戏是一种没文化的表现。《海鸥》的失败和成功,充分说明了原作者之外,其他参与者的重要性。剧本还是那个剧本,两年前所以失败,是因为导演对剧本不理解,演员对扮演剧中人物的不理解,来看热闹的观众同样是什么都不理解,而这样的不理解,过去存在,现在存在,将来还会存在。

好在时间会纠错,真金子迟早都会闪光,"尔曹身与名俱灭,不废江河万古流"。记得曾经看过这么一段逸闻,已记不清是在哪一本书上记载,契诃夫的戏正在上演,契诃夫邀请高尔基去看他的戏,当时的高尔基虽然年轻,比契诃夫要小八岁,却已经是非常的当红和火爆。高尔基像明星一样走进剧场大厅,全场起立热烈鼓掌,这种反客为主的反应让高尔基很不高兴,因为这等于冷落了他身边的契诃夫,于是高尔基当场发表了演讲,请观众想明白他们今天是来看谁的戏。后来,高尔基亲眼见证了《海鸥》的成功,他满怀激情地给契诃夫写信:

> 从未看过如同《海鸥》这般绝妙的、充满异教徒智慧的作品……难道你不打算再为大家写作了吗?你一定要写,该死的,你一定要写!

契诃夫后来又写了几个剧本,每一部戏都大获成功。就像老舍对于北京人艺的重要性一样,没有契诃夫,就没有大名鼎鼎的莫斯科艺术剧院,就没有伟大的斯坦尼斯拉夫斯基,就没有能享誉世界的俄国高品质观众。同样,没有斯坦尼斯拉夫斯基,没有莫斯科艺术剧院,没有高品质的观众,也不会有伟大的契诃夫。这是一种互为因果的关系,在这种共生共灭的关系中,机会恰恰是可遇不可求,作家力所能及的,也就只能是处理好与自己作品的关系。要保持住自己的信心,不是每个写剧本的人,都能遇上斯坦尼斯拉夫斯基,你完全有可能遇上两种截然不同的观众。

# 4

记不清自己看过的第一个剧本是哪部戏，我生长在戏剧大院里，看排演，蹭戏，给人去送戏票，听别人议论男女演员，这些似乎都是与生俱来的。我父亲差不多一生都在写糟糕的剧本，都在和别人讨论怎么才有戏剧冲突，他已经跟剧本和舞台捆绑在一起，起码在我的印象中是这样。或许是父亲工作太无聊的缘故，从小我就不喜欢看戏，尤其不喜欢戏曲的那种热闹，总觉得一个人说着话，突然冒冒失失唱起来，这个真的很滑稽。我也不是话剧的拥趸，在我的青少年时期，能看到的话剧都和阶级斗争有关系，好人坏人一眼就能看出来，说话的声音都太大，都太装腔作势。

为什么优秀的剧本会成为个人文学影响拼图中的一块，还真有点三言两语说不清楚。有阅读经验者都会有这样的体会，也不知道为什么，我们这一代人会把好的外国文学剧本当作小说看。一开始，这跟写作没什么关系，早在没打算做作家前，我就读过莎士比亚，读过易卜生，读过尤金·奥尼尔，读过田纳西·威廉斯，当然也包括契诃夫。这些剧本是世界文学名著的一部分，也许我们的阅读，仅仅因为它们是名著。名著的威慑可以说是永恒的，它们始终是文学教养的一部分，是我们能够夸夸其谈的基础。我承认自己当年阅读了那么多的书，很大一部分的原因都是为了吹牛,为了能跟别人侃文学。

事实上,在开始写小说后,我才有意识地拿好的文学剧本当作对话训练教材。换句话说,好的文学剧本就是好小说,小说对话应该向好的剧本学习。这种态度在写小说前根本不会有,有了写小说的体验,情况立刻发生了变化。首先,小说肯定要面临对话,怎么写对话对任何一个写作者来说,都是个必须讲究的技术活儿。其次,小说家或多或少都会有些占领舞台的欲望,相对于一本打开的书,舞台或者银幕展现了另外一种更大的可能性。好的小说家都应该去尝试剧本写作,高尔基写过,契诃夫写过,毛姆写过,海明威写过,福克纳写过,萨特写过。有成功的例子,当然也会有失败。

小说家听不到剧场里的嘘声,同样也听不到鼓掌,然而潜在的嘘声和掌声,却从来也没有停止过。读者的趣味与剧场里的观众喜好并无区别,写作者在乎也好,不在乎也好,它们总归会是一种客观存在。不由得想起自己当年考研究生,最后一道大题是比较曹禺先生的《雷雨》和《北京人》,事后现代文学专业的陈瘦竹先生很严肃地表扬我,说答得非常好,有自己的看法,说到了点子上。我想当时所以能够让老师感觉回答得不错,专业考试的分数在一百多名考生中最高,很重要的原因是有感而发。是因为我更喜欢《北京人》,从《雷雨》到《北京人》有许多话题可以讨论,而曹禺的粉丝更多的只是知道成名作《雷雨》,这就和巴金先生的许多爱好者一样,他们心目中的好作品唯有《家》。对于他们来说,成名作代表作永远是最好的,其他的作品已经不重要,或者说根本就不存在。

好的剧本不仅可以教我们如何处理对话,如何调度场景,还可以提高写作者在文学创作上的信心。与小说相比,戏剧更世俗,更急功近利,更依赖于舞台和观众,它所要克服的困难也就更大。小说显然比戏剧更容易耐得住寂寞,虽然都是伏案写作,毕竟出版一本书要方便得多。然而有一种遗憾总要让我们纠结,这就是好作家在自己的创作达到顶峰时,经常会戛然而止,再也写不下去。造成写作中断的原因很多,譬如契诃夫,他的艺术生涯因为生命短暂而成为绝唱。不妨设想一下,契诃夫逝世时才四十四岁,如果天假其年,以他良好的写作状态,最后能达到什么样高度,真说不清楚。

1949 年大陆易色,这时候,巴金四十五岁,曹禺三十九岁。通常的观点就是,一个时代必将决定一代作家的写作,在这个观点下,作家们都是无能为力,倾巢之下岂有完卵。我无心谈论这样那样的原因,更不愿意人云亦云,作为一个写作者,有时候,我更看重的只是结果,有了这样的结果,我们作为后来者又应该怎么样。结果是什么呢,死亡也好,封笔或换笔也好,结果都是一种写作状态的终结,都是写作的中断。契诃夫四十四岁时死了,巴金四十五岁以后基本上不写了,曹禺写不出,沈从文写不了,移居海外的张爱玲也失去往日光彩。

在评论家眼里，最后写不出来是一种必然趋势，是一种天命。人注定斗不过死神，挣脱不开时代。然而前辈经验是不是还可以给我们别的启示，起码可以让我们再次遇到时，有些心理准备。一方面，生命不是无限的，我们必须珍惜有限的时间，少壮不努力，老大徒伤悲，如果我们真具备了写作这种才能，应该尽可能地抓紧时间将它发挥出来；另一方面，在逆境中，我们有没有尽力而为，有没有跟必然趋势和天命做斗争。这个前辈或许没能做到，并不代表我们就一定不能做到。优秀的作家都应该有些自不量力，都应该义无反顾，都应该去做点不可能完成的事情。优秀的文学是试图把不可能变成可能，检验优秀作品的标准，也是看你完成了多少前人还没完成的东西。

因此，真正的写作者一往无前，他的人生意义就是，无论逆境顺境，无论能否得到文坛的支持和承认，都必须保持专注度，都必须一心一意。海明威曾经说过，一个人是打不败的，这话听上去很励志，充满了自我安慰，但它确实是一剂镇痛的良药。一个写作者，可以打败他的东西太多了，默默无闻不被文坛承认，功成名遂带来的种种诱惑，这样那样的政治运动，生老病死天灾人祸，除了不屈不挠的抵抗，没有人能笑到最后。

人说到底都是渺小的，也许，唯一可以安慰我们的只是精神上不被打败。对于一个写作者来说，不屈不挠，能够顽强地保持精神上的不败已经足够。

5

促使我写这篇谈契诃夫文章的一个原因，是观看了赖声川导演的《海鸥》。虽然对契诃夫的剧本并不陌生，身临其境在舞台上看他的戏却还是第一次。感觉上，这更像参加一次盛大的戏剧Party，显得很隆重，票价非常昂贵，我这张票竟然价值九百八十八元。场面壮观，演员阵容豪华，观众衣着整齐，看上去都是些有身份的人。毕竟花这么多钱来看场戏也不容易。演出开始前，大喇叭里广播注意事项，提醒大家关闭手机，并请诸位约束自己的行为，不要在演出期间吃东西，不要拍照，不要大声喧哗。我身边有人在小声议论，说这可是一次很高雅的文化活动，最能看出本市观众的精神文明素质。

不由得想到小时候经历的两次热闹，一是新华书店发行长篇小说《欧阳海之歌》，一是剧场预售由父亲参与写作的《海岛女民兵》戏票。都排了很长的队，长得仿佛看不到结尾，而我作为一个孩子，也曾是长长队伍中的一员。这是"文化大革命"中的最奇特景观，是当时并不多见的有点文化的文化活动。说老实话，都是非常糟糕的作品，艺术上没有任何可取之处，能记住的只是莫名其妙的人多，人多了就难免起哄，就难免人来疯。"文革"将文化的智商彻底毁坏,将艺术的水准大大降低。当然,不只是"文革"期间如此,今天的现状未必好到哪儿去,说读者和观众常常都会有点盲目似乎不太客气,但是残酷的事实就是这样。

看戏的过程中确实没人拍照,起码没有闪光灯。应该也没有人吃东西和接收发送短信息。我小心翼翼使用了"应该也没有"这几个字,多多少少表明还只是一种推测,在今日之中国,要想让观众在公共场所不接看手机,不肆无忌惮地吃东西,恐怕会有相当难度。因为坐的位置相对靠前,眼不见为净,没看见就可以算是没有了。演出终于结束,观众开始热烈鼓掌,开始没完没了地用手机拍照。这时候,我突然感到了难过,心头涌动着一阵阵悲伤,我想起了遥远的契诃夫,想到了他戴着夹鼻镜的模样,想到了他的忧郁,想到了《海鸥》的首场演出,想到演出结束以后他一个人孤零零地在黑暗的大街上游荡。

一百多年前,观众尽情地嘲笑了这部戏。很快,在斯坦尼斯拉夫斯基导演了《海鸥》以后,它已经成为一部可以嘲笑观众的戏。我不知道赖声川导演的内心深处,是不是也存在着这么一种恶作剧心态。仿佛好莱坞演绎莎士比亚的《罗密欧与朱丽叶》时糅进了现代元素,赖声川版的《海鸥》也进行了中国本土化,大幕拉开了,剧务人员正往舞台中央搬运古老的中国明式家具,身着民国服装的演员出现在我们眼前,观众席里开始有了些许骚动。一些台词譬如人名和地名,也不得不做了相应的国产化处理,当这些中国面孔说出那种带有外国腔调的台词时,观众忍不住要笑,确实也笑了,但是这种笑又很有节制,很文雅,一点都不敢放肆。

名著的威慑力让观众保持了克制,昂贵票价也在悄悄起作用,还有演员的名气,还有媒体此前的宣传和造势,在这样庄重的场合中稍有不慎,很有可能露出没文化的马脚。敬畏是艺术成为艺术的一块重要基石,因为敬畏,高雅艺术获得了得天独厚的生存机会。当然,同样是因为敬畏,附庸风雅也成了文明社会的一种常态。所谓艺术就是有时候你根本不知道它好在什么地方,艺术往往就是无知,就是一种认识上的差距。契诃夫的小说也好,戏剧也好,骨子里始终都隐藏着这样一种不安气息,像一名抑郁症患者那样,在他那里,我们可以看到讽刺,看到挖苦,看到批判,然而最后能深深地打动我们,真正能触动到神经的末梢,往往又与那些浅薄的讽刺挖苦批判无关。我们真正为之动容和痛苦不安的,恰恰是透过契诃夫的夹鼻镜看到的人间现实。人间的现实是什么呢,是显著而持久的情感低落,是对人生的抑郁和悲观,是舞台上下正在上演的那些我们一时还看不明白的东西。

一起看戏的年轻人满脸困惑,想不明白为什么我会那么悲伤。他们中间包括了我的女儿女婿和几个朋友,这些年轻人都接受过高等教育,不会觉得这部戏有多好,当然,也不会觉得有什么不好。评价一部名著会是件非常危险的事情,舞台上的中国元素让他们啼笑皆非，面对传世经典，慎重的年轻人似乎只能对此表示疑义。仅此一点点改编，已足以让他们有理由怀疑今天看到的不是原著。在一个假古董盛行的年代，人们似乎更愿意相信原装货，大家都希望能买到进口原装的电器，买到进口原装的汽车。这部戏让年轻人看到了不是原装的破绽，他们本来很想跟我讨论这个，为此狠狠地拍一通砖，可是被面前这人眼眶里的泪水给惊住了，他们很意外，心里都在想，这老头今天是怎么了，居然会这么入戏。

我也为自己的情绪失控震惊，写作这么多年，自忖心头已有了一层厚厚的可以用来防御的老茧。写作和职业运动员打球一样，关键是要能够有所控制，写作能力有时候就是掌控能力。回家路上，我开始为孩子们说戏，解释自己为什么会那么激动。其实这个行为本身就有老朽意味，人老了，弄不好便会唠唠叨叨，便会钻进牛角尖里出不来。每个人的看戏准备和期待不一样，我的经历我的观点，与年轻人相比肯定会有点特别。有一千个观众就会有一千个哈姆雷特，关于契诃夫，我的联想显然有些过度，用大白话来说就是想得太多了。想得太多并不一定好，也并不一定全对。譬如在我看来，今天在舞台上活动的人物中，起码有三个人可以看作契诃夫的化身。看戏就是看戏，读小说就是读小说，没有人会像我那样别出心裁，十分着急地去寻找作家的影子。作为一名写作者，我总是在琢磨同行为什么要这样写，他又能怎么写，仿佛一名眼光独到的侦探那样,迫不及待地想在作品中寻找到人家犯案的蛛丝马迹。

我告诉孩子们,这部戏中多尔恩医生是个很重要的配角,他的戏份虽然不多,可都用在了关键点上。作为全省唯一一个像点样子的产科大夫,多尔恩医生有着令人敬重的职业,尤其是讨女人喜欢。这个人物简直就可以说是契诃夫的肉身,他很敏感,艺术趣味极佳,分辨得出戏的好坏,听得见人物内心深处的声音,能够看明白世间一切。他的目光也成了这部戏的焦点,换句话说,多尔恩医生所看到的,既是契诃夫所看到的,同时也意味着剧作家本人想让我们看到的东西。在小说叙事学中,多尔恩医生就是那个常见的第三人称说故事者。当然,直截了当地换成第一人称的"我"也未尝不可,我们都知道,契诃夫自己就是一名职业医生,有些台词听上去就好像是从他嘴里说出来一样。

契诃夫是最早把小说艺术引进戏剧的人,在他之前,通常做法只是在小说中引进戏剧元素,《海鸥》是戏剧史上一次成功的冒险。很显然,仅仅有一位多尔恩医生还不足够,还不算过瘾,契诃夫又掺和了自己另外的两个化身,一个是功成名就的小说家果林,一个是失败的年轻戏剧爱好者科斯佳。这两个人既可以分开,也可以合并,他们代表着一个写作者可能会有的几种结局,代表着幼稚和无知,代表着理想和追求,代表着不被人理解,代表着受到追捧的名利双收和不断地被误读。与契诃夫的小说一样,

《海鸥》中并没有什么大的阴谋，没有明显的好人坏人，没有什么不可缓和的戏剧冲突，即使有一些大起大落，也统统是在舞台的背后完成。所有我们可以称之为戏剧性的东西，那些可能好看的场面，都被直接转移到了幕后，诸如诱奸，背叛，包括开枪自杀，都发生在舞台之外。在契诃夫笔下，这些强烈的场面虽然有着很好的戏剧冲突，但是它们都不适合在舞台上表演，因此只能让观众耳闻，不可目睹。

1902 年，流亡海外的梁启超创办了《新小说》，"小说界革命"轰轰烈烈地开始，"开启民智"成为一个时髦词汇。从此，小说家如果不以启蒙的思想家自居，都不好意思在文坛的江湖上厮混。中国固有文化中的"末技"，古代文人眼中的"小道"，经过梁启超的鼓吹，顿时身价百倍，小说从原来的不入流，不入文学之法眼，上升到了"为文学最上乘"。然而关于小说的大话套话，通常都是那些不写小说和小说写不好的人在自说自话，结果就是好话说尽，好事却没有干绝，简简单单的小说也没做好。在契诃夫笔下，无论他的小说，还是他的戏剧，都见不到什么启蒙的思想家光辉。用他的小说和戏剧来"开启民智"，注定了会是大而无当，就好比是要用一套木工的工具来进行烹饪一样。对于契诃夫来说，小说艺术、戏剧艺术，无非都是一种发现，是观看人生的一种角度。同样的人生，不同的角度，于是就有了不一样的发现。

艺术就是别具慧眼，透过契诃夫那副深沉的夹鼻镜，人间万象成了不朽的艺术。《海鸥》结局出人意料,或许也超出了作者本人的意料。开场不久,年轻的科斯佳在无意中猎杀了一只海鸥。"无意"和"海鸥"都有着特别的象征用意,科斯佳将失去了生命的海鸥尸体扔在了心爱的妮娜面前,十分痛苦地说自己干了一件"最没脸的事",说他"不久就会照着这个样子打死自己"。这句带些矫情的念白中,隐藏了太多潜台词,它在暗示,暗示那支猎枪迟早都会打死一个人。根据好莱坞电影的原则,每一个镜头都不应该是多余的,每一件道具都应该派上用场,这把枪最后是打死诱奸妮娜的果林,还是打死不再爱科斯佳的妮娜,还是像科斯佳自言自语那样,用来结束自己的生命,成了一个吸引我们看下去的悬念。

作家在写作过程中无所不能,最后扣动扳机的是契诃夫,他决定着某一个人的生和死。换句话说,所有的戏剧逻辑都可以忽略,所有的清规戒律都可以藐视,作家掌握着生杀大权,他想让谁死,就可以很轻松地让谁去死。尽管在一开始,契诃夫曾对观众宣布自己写了一出让人发噱的喜剧,可是只要有这把猎枪的存在,只要最后死了人,它都不可能再是一部传统的喜剧。雅俗,善恶,美丑,所有这些被人津津乐道的东西,在契诃夫的作品中,从来都不是那么清晰。为什么打死的不是那个道貌岸然的果林呢?如果是他,这是罪有应得。为什么不是那个美丽天真的妮娜呢?如果是她,便可以演绎一幕壮烈的古典悲剧。然而契诃夫却选择了可怜的科斯佳,也许理由很简单,也许在一开始它就是这么注定的,结果我们现在要探讨的只能是,契诃夫为什么非要这么做,他为什么要杀死科斯佳。

这也是为什么会让人伤心流泪的地方,我仿佛看到契诃夫做出这种抉择时的痛苦。难道他已预感到了《海鸥》可能会有的惨败,预感到可能还有比惨败更糟糕的结局,这就是观众最终根本不可能真正理解他究竟想说什么。很显然,契诃夫内心深处对于观众的无知一清二楚,他爱观众,可是并不相信观众。他的脑袋里什么都很明白,就像舞台上的戏中戏一样,看戏无非是凑热闹,看戏就是看看戏的人在如何表演。对于真正的写作者来说,不能被读者真正理解,不能被观众真正接受,这些痛苦与生俱来,是作家不可避免的命运。有时候,失败是一种惩罚,有时候,成功也是。人心隔人心,路途太遥远,因此科斯佳的饮枪自尽,更像是作者本人对着自己脑袋开了一枪,更像是对着心中的文学开了一枪。不妨想象一下,《海鸥》首场演出后,契诃夫一个人行进在夜晚深处,孤零零地在大街上漫步,不能被人理解的痛苦折磨着他,这时候,如果手里有一把枪,如果契诃夫足够冲动和疯狂……

人生往往就是一场“冗长的开头,仓促的结尾”的大戏,绝望中的写作者还能做出一些什么更让人吃惊的傻事呢? 除了杀死自己,我们别无选择。在戏的结尾处,陷入沉默的科斯佳把正在写的稿子扔了,跑下台去,再过一会儿,他将对着自己的脑袋开枪。这就是《海鸥》匪夷所思的结局，所有的人都觉得莫名其妙，台上台下都不明白那突然响起的枪声是怎么一回事。这时候，科斯佳的明星母亲还在谈笑风生，一边喝酒，一边打麻将。那只被做成标本的海鸥正在被议论，果林已完全想不起是怎么一回事，早忘了自己对这海鸥曾有过的一番精彩评价。突然间枪响了，吓了大家一跳，敏感的多尔恩医生走下台去，很快又回来，随口扯了一个小谎，轻描淡写地跟大家说什么事都没发生，只不过是药箱里一个小瓶子爆炸了。他若无其事地走到果林身边，搂着他的腰，一边继续插科打诨，一边悄悄地告诉他真相，同时也是在告诉观众真相。多尔恩医生让果林赶快想个办法把科斯佳的母亲领走，因为那个叫科斯佳的可怜孩子，那个充满理想热爱戏剧的年轻人，那个为了爱什么都可以付出的天才少年，死了，他自杀了。

　　然后，然后大幕拉下了，戏结束了。

2014 年 6 月于河西

# 芥川龙之介在南京

对于芥川龙之介一直没什么特别好印象，为什么呢，三言两语说不清楚。首先，因为他是个日本人，在南京这个血迹斑斑的城市，你若是说几句日本人的好话，肯定不招人待见。其次，作为一个小说家，他写的东西太少，差不多都是短篇，一个《罗生门》获得太多叫好声，太多了，难免名不副实。

当然也因为还有个芥川文学奖，差不多就是中国的茅奖鲁奖，有一阵子，我很在乎这个，非常虚心地向人家学习，总觉得大家都是亚洲人，都属于向西方学习的东方。后来便不在乎了，觉得这日本最高文学奖就那么回事，水得很，不看也没什么大碍。很多年以前，鲁迅先生翻译过芥川的小说，是不是中国第一人我不知道，但是有了这个例子，很容易落下把柄，证明我们的作家远不如日本，往好里说，是鲁迅受到了人家芥川的影响，往不好的地方猜测，就是学习和模仿，这太有损中国最伟大作家的形象。

幸好鲁迅没见过芥川,他在日本留学,芥川还是个毛孩子。后来芥川成了点名,成了著名作家,到中国参观游览,大大咧咧地来了,完全不把中国放在眼里,中国也没太把他当回事。鲁迅翻译的《罗生门》和《鼻子》,据说就发表在芥川访华期间,按说在北京完全可以有见面的机会,但是鲁迅没有屈尊,没去拜访送上门的芥川,芥川呢,也没有去向比自己还年长十一岁的鲁迅表示感谢,中日文坛上本该有的一段佳话,就这么擦肩而过。

结果芥川在北京跟胡适先生见了一面,还参见了一个叫辜鸿铭的老怪物,跟他大谈段祺瑞和吴佩孚,顺便又聊了几句托尔斯泰。到北京前,芥川已在中国绕了大半圈,一边参观游览,一边写文章记录。说老实话,中日两国真是冤家,从芥川记录中国的文字中,你能读到太多的不友好。一般情况下,我们介绍芥川这个作家,往往会挂一笔中国文化对他的影响,说他喜欢《西游记》,喜欢《水浒传》,说他中学时代的汉语水平超常,你要真是读过芥川的东西,读完了他那本《中国游记》,会发现根本不是那么回事。

芥川文学理想上更向往西方,在来中国的途中,他发现同船的旅客都在晕船,一个个痛苦不堪,除了一个高大的美国佬。芥川以非常羡慕的口气写道,"那个美国人简直是个怪物",不仅照样吃喝,饭后"还在船上的客厅里敲了一会儿打字机"。这一段带有赞赏意味的描写,作为一本书的开场白,似乎也影射了当时的世界局势。第一次世界大战结束了,大英帝国日薄西山,奥匈帝国土崩瓦解,只有美帝国主义成了一个不折不扣的暴发户。

到达中国的第一站是上海,或许是写给自己同胞看的,芥川丝毫没有考虑到中国人的感受。他的文字中充满傲慢,从头到尾都是不屑。"第一瞥"所见的中国车夫既肮脏,而且"放眼望去,无一不长相古怪"。这个描绘有些莫名其妙,中国人和日本人相貌难道真有那么大的差别吗?显然不是,杨宪益先生当年去欧洲留学,因为坐的是头等舱,服务员就认定他是个日本人,怎么解释都没用。胡适的日记中对芥川也有这么一段描写:

> 他的相貌颇似中国人,今天穿着中国衣服,更像中国人了。这个人似没有日本人的坏习气,谈吐(用英文)也很有理解。

有一个污辱中国人的词汇我们都熟悉,这就是"东亚病夫"。芥川看不上中国人,是典型的日本人情结,在他们眼里,大东亚应该或者可以共荣,然而中国人太不争气,都是他妈的病夫。可惜到达上海的第二天,芥川自己也不幸地病倒了。那年头,我们的祖国固然很穷很落后,天应该还是蓝色,空气也新鲜,肯定没有雾霾问题,芥川的病怨不得中国,但是他不会这么想,日本的读者也不会这么想。

时年三十的芥川仿佛病歪歪的林黛玉,刚到上海就去了医院,一住二十多天。这以后,一直处于抱病状态,因此他文字中也难免有一种病房药水的气味。在来南京以前,芥川还去了杭州、苏州、扬州、镇江,很显然,为了拜访这座古城,他做了些功课,读过几本书。由于此前有过太多的不好印象,对于在南京可能会遇到的种种糟糕情形,似乎做好了充分准备:

一查时刻表,离开往南京的火车出发还有一个小时的时间。既然还有时间,就没有不去看一眼山顶建着高塔的金山寺的道理。我们经过评议一致决定后,便立即又坐了黄包车。虽说是立即,但事实上也像往常一样,要为了车费的讨价还价花上十分钟的时间。

黄包车首先经过了由排成一溜儿的窝棚构成的很原始的贫民窟。窝棚的屋顶上铺着稻草,但基本上看不到泥抹的墙壁。大都是围着芦席或草帘子。屋里屋外的男男女女,都带着一副凄惨的面孔在那里徘徊。我望着窝棚的屋顶后面高高的芦苇,觉得自己好像又要长痘疮了。

"你看到那条狗了吗?"

"好像是没有长毛呀,没长毛的狗真是少见,不过挺吓人的。"

"它之所以变成那样是因为梅毒。据说是被苦力们传染的。"

梅毒是一种性病,这段文字中传递出的暧昧信息,模棱两可的表述,让人感到很恶心。芥川正是带着这种嫌弃心情,登上了开往南京的列车。从镇江到南京近在咫尺,抵达南京的那天下午,为了能够马上到城里去看看,芥川同往常一样坐上了黄包车。虽然有所心理准备,这个拥有悠久历史的古城,展现出来的极度荒凉,还是让他感到很意外。余晖流溢的城中,到处可以看到成片绿油油的麦田,蚕豆花开了,大大小小的池塘中浮着鹅和鸭。中国导游告诉芥川,这个城市"约有五分之三的地方都是旱田和荒地"。

接下来一段对话让人哭笑不得,芥川似乎忘记了自己的作家身份,他望着路旁高大的柳树,望着那些"欲塌的土墙和燕群",在"被勾出怀古幽情的同时,也寻思着要是把这些空地都买下来的话,或许能一夜暴富也未可知"。于是便用一种房地产商的口吻开导导游,告诉他这是个非常好的发财机会。然而导游拒绝了芥川的好意,回答说自己根本不可能考虑他的建议。导游说中国人是不考虑明天的事,决不会去做买地那样的傻事,说中国人对一切显然都看得很透彻,他们看不到人生的任何希望:

> 首先是想考虑也考虑不了,不知什么时候家就可能被烧了,或者人被杀了,明天的事情谁都不知道。中国和日本是不一样的,所以现在的中国人,比起瞻望孩子未来的前程来,更容易沉溺于酒和女人。

如果不是写在芥川的书里,我真不敢相信,1921年的南京人会如此绝望。作为一名能陪同日本人的导游,他的身份起码也应该是个留学生,因为只有这样,会说日语或者英语,才可能与学习英国文学的芥川对话。芥川于 1927 年自杀,他不可能预测到后来的形势发展,不会想到他死的那年,国民政府会在南京成立,这个城市因此进入一个从未有过的繁华期。也不会想到在他死后十年,日本人的军队气势汹汹地征服了这座城池。

在南京访问期间,芥川的交通工具是当时最常见的黄包车。讨价还价是必需的,日本学者青木正儿同时期的中国游记,如何与车夫以及商贩斗智斗勇,也是写得活灵活现。此前在苏州游览,芥川尝试过骑毛驴,显然不是一个好骑手,一不小心便连人带驴一起闯进了水田。结果脚上那双小羊皮的皮鞋上磨破了两三个大洞,因此参观城南的夫子庙,经过一家鞋店,芥川决定要为自己买一双新鞋。

> 走进鞋店里一看,铺面比想象的要大。里面有两个工匠,正在一心一意地做着鞋。在四周的大玻璃柜子里,西式鞋自不必说,还摆放着很多中式的鞋。黑色的鞋、桃红色的鞋、浅蓝色的鞋、中式的鞋都是缎子面的,大小各异的男式和女式的鞋子排列在映着夕阳的橱柜中,有一种奇妙的美感。

奇妙美感让芥川"稍稍有点罗曼蒂克的感觉,开始在那些成品鞋中物色",他的好奇心被引发了,竟然怀疑在橱柜的某个地方,会有用人皮缝制的奢华女鞋。最后的选择既现实又浪漫,他挑了一双定价六日元的半高勒儿皮鞋,色彩有些鲜艳,芥川自己也无法准确描述它,"又像是黄色又像是黑色",或者干脆是"极其古怪的红皮鞋",芥川的朋友见了直摇头,忍不住要讥笑,说他"好像是穿着书包走路似的"。

1921年春天,芥川穿着这双古怪鞋子,在南京城里走来走去。秦淮河畔到处留下了他的足迹,芥川不无遗憾地告诉自己的同胞,中国古人说的"烟笼寒水月笼沙"的美丽风景已见不到,秦楼楚馆犹在,然而都"无非是俗臭纷纷之柳桥"。柳桥是日本东京浅草区隅田川西一带,是著名的花柳街,也就是所谓红灯区。芥川在游记中引用中国古诗词,提到了"六朝金粉",还提到《秦淮画舫录》,提到《桃花扇传奇》。

这一年的南京相对平静,远在广东的孙中山宣誓就职非常大总统,与十年前在南京任临时大总统一样,权力非常有限。远在北京的北洋政府,内阁不停地折腾,这位上任,那位下台。就在这一年,在上海,在芥川去拜访过的一个朋友家里,召开了中国共产党的第一次代表大会。召开前夕,作为创始人之一的张太雷向共产国际汇报,说中共已拥有七个省级地方组织,其中之一便是"南京组织",然而代表大会召开,广州去了代表,北京去了代表,长沙、武汉去了代表,山东去了代表,连留日学生也有代表,大大咧咧的南京方面,竟然没向路途并不遥远的上海派代表。

1921年的南京看不到什么希望,没人会想到七年以后,此地会成为中华民国首都。读民国时期的南京书写,很容易发现这个城市总是避免不了有伤风化,因此,说芥川在南京流连妓馆酒楼,多少也是因为环境使然。正如前面那位中国导游说的那样，既然大家都对前程如此失望，那么"沉溺于酒和女人"就会变得自然而然。1921年的南京在政治上，属于北洋军阀统治，这时候，此地最高行政长官是江苏督军齐燮元，一个能说会道即将失势的直系军官。与同样是直系大佬的吴佩孚和孙传芳相比，各方面要逊色许多。二十多年后，齐燮元作为汉奸在南京被处决。据说他临死前还嘴硬，说汪精卫是汉奸，因为他听日本人的；蒋介石是汉奸，因为他听美国人的；毛泽东是汉奸，因为他听苏联人的；我齐燮元不是汉奸，因为我只听我自己的。

我开始关心芥川与南京，与他的《南京的基督》有关。第一次读到这个短篇很吃惊，因为芥川描述了一个毫无真实感的南京，一个太像故事的故事。小说不应该太像故事。一位坚信基督的雏妓，为了不把梅毒传染给嫖客，突然守身如玉起来。根据当时一个不靠谱的传说，妓女沾上了梅毒，只要再接次客，就能把病毒传染出去，就可以立刻恢复健康，然而这雏妓觉得自己不能这么做。

　　天堂里的圣主基督：我为了养活父亲，从事着卑贱的勾当，可是，我的这份营生除了污损我自己之外，就再也没有给任何人添过一点麻烦。所以，我相信自己就算这样死了，也是一定能进天堂的。可是，现在我如果不把病传给客人，就不能像以前一样做这份营生了。这样看来，我不得不做好准备,即便是饿死,也决不和客人睡在同一张床上——虽然那样做的话我的病可能就会痊愈。不然的话,我就等于为了一己之利而坑害了无冤无仇的人。可不管怎么说,我毕竟是女流之辈,说不定什么时候就有可能抵御不住无法预料的诱惑。天堂里的圣主基督,无论如何请保佑我!毕竟我是一个除了你之外就再别无依靠的女人。

这段文字充满了民国范儿,出自十五岁的雏妓嘴里,实在有些那个。作为一名现代文学专业研究生,我读过太多类似的文字——不,应该说比这更糟糕的描写。芥川的高超之处在于拆解,最后基督化身嫖客,骗子冒充基督,理想和现实被融化打通,雏妓的生命和灵魂都得到拯救。说到底,又是一部"罗生门",一个不同寻常的结尾,直接提高了小说的艺术水准。芥川毕竟是芥川,名家还是名家,有那种化腐朽为神奇的非凡功力。

在旅馆的西式房间,芥川叼着呛人的雪茄烟,下笔如飞,记录走马观花后的秦淮风景。一个日本作家在中国的南京抽雪茄,模样虽然有点酷,但感觉上怪怪的。他非常沮丧地写道,"万家灯火映照着坐在黄包车上的妓女,宛若行走于代地河岸,然未见一姝丽"。"代地河岸"位于东京的柳桥北侧,我一直以为《南京的基督》是生活体验后的产物,事实却是在来南京之前,芥川写了这篇小说,而且已经公开发表。换句话说,因为有了这篇小说,他才来到南京,在尚未看见此地的"姝丽"之前,先毫无根据地意淫了一番梅毒。这样编排故事有些煞风景，不过也很好地说明一个问题：文学是世界的，信仰是世界的，为生活所迫的雏妓也是世界的，南京秦淮河畔的悲剧，与东京柳桥代地河岸的故事，其实没太大差别。

在南京，芥川还享受了当时的按摩服务，因为身体严重不适，他向女佣提出要按摩。女佣吓了一跳，说没有专门的按摩师，只有理发师凑合着会玩几下。于是真找了一个个子极高的剃头匠，"从头颈到脊梁的肌肉依次抓了一番"，"酸疼的肢体渐渐变得舒服起来"，害得芥川一个劲地夸好。

还是在南京，一位日本朋友很严肃地告诉芥川，在这儿最可怕的就是生病，自古以来在南京生了病，如果不回日本治疗，没有一个人能活下来。这话把芥川给吓住了，他忽然感觉到自己快要死了，立刻下决心撤离，"只要明天有火车，栖霞寺也不看了，莫愁湖也不看了，马上回上海去"。第二天他离开南京，上海的医生做了一番检查，诊断结果是"哪儿都没有问题，你觉得不好，是神经作用"。

芥川不打算再去南京，旅行还没结束，他还要去汉口和长沙，还要去北京，医生说这点旅行根本不算什么，他的身体完全吃得消。

**2015 年 2 月 17 日于河西**

# 永远的阿赫玛托娃

最初听到阿赫玛托娃这几个字，是 1974 年。经过八年轰轰烈烈的"文化大革命"，年轻人对知识的沙漠化忍无可忍。一个写诗的小伙子，十分动情地说他要娶阿赫玛托娃为妻，在当时是一种极度夸张的示爱方式。我那年才十七岁，不知道阿赫玛托娃是谁，因为喜欢这个小伙子的诗歌，也附庸风雅迷上了她。其实阿赫玛托娃不过是小圈子中流行的象征符号，和这些符号连在一起的，还有巴尔蒙特、勃留索夫、洛尔迦，能见到的诗句差不多全是只言片语，大都在批判的文章中发现。我并不知道阿赫玛托娃已在 1966 年春天的寂寞中悄然离去，她的年纪是那样苍老，足以做我们的祖母或曾祖母。

多少年来，我一直在想这个奇怪的问题。究竟是什么魔力让我对阿赫玛托娃念念不忘，以至于每次提到她的名字，就仿佛又一次回到了躁动不安的文学青春期。我能够成为一个作家，从某种意义上来说,与阿赫玛托娃分不开,然而很显然,我并不是真的被她的诗歌所打动,不仅是我,敢说有一批她的狂热崇拜者,都和我一样沉浸在想象的虚幻中。这些年来,我一直注视着与阿赫玛托娃有关的文字,一次又一次努力地试图走近她的诗歌,知道得越来越多,阿赫玛托娃就越来越陌生。比较她诗歌的不同版本,同一首诗的不同翻译,我越来越困惑,也越来越相信诗歌真的不可翻译。我们永远无法借助别人的中文真正走近阿赫玛托娃。

记忆往往靠不住,契诃夫死了没几年,大家就为他眼睛的颜色争论不休,有人说蓝,有人说棕,有人说灰。就像阿赫玛托娃不喜欢契诃夫一样,人们有时候只对喋喋不休的话题感兴趣,我们关注的是契诃夫眼睛的颜色,是女诗人是否喜欢他的那些议论。在话题中,契诃夫的作品已经不重要。我想,在1974年,中国会有一批年轻人迷恋阿赫玛托娃,她会成为一个小圈子里的重要话题,最直接的原因,还是因为文化的沙漠化,在那样的背景下,任何一片小小的树荫,都可能成为年轻人精神上的绿洲。在悄悄谈论阿赫玛托娃的年代里,一个叫郭路生的年轻人的诗歌也在广为流传。那首著名的《这是四点零八分的北京》并不只是打动了知青,事实上,知青的弟弟妹妹们也一样为诗中的句子感到狂热:

我的心骤然一阵疼痛,一定是

妈妈缀扣子的针线穿透了心胸

这时,我的心变成了一只风筝

风筝的线绳就在妈妈的手中

那时候大家都相信,这个后来以食指闻名的诗人,在车站与亲友挥手告别,面对着熙熙攘攘的人群,在火车汽笛的鸣叫声中,脱口而出这首让众人热泪盈眶的诗。如果当时有人指出这首诗与孟郊《游子吟》有继承关系,一定会成为愚蠢的笑柄,这就好比行走在大沙漠里,面对干渴不是拼命喝水,却有一个书呆子跳出来,慢腾腾先对大家解析水的分子结构。那是一个饥不择食的时代,人们迫切地需要被一些东西打动,《这是四点零八分的北京》成了一把钥匙,轻易地打开了郁结在人们心头上的那把锁。

与阿赫玛托娃一样,诗人食指同样也具有更多话题的意义。车站吟别更像电影上的一幕,显然它与真实有很大的出入。车站朗诵只是艺术化处理,因果关系已经被颠倒了,真实情景是经历了车站上离别的乱哄哄,诗人才在远去的火车上写成广为流传的诗。我一直觉得这首诗的幸运在于,首先,为诗人提供了一个机会,有感而发固然重要,更重要的是有感能发。正是因为可以写诗的这种能力,诗人的个人痛苦得以宣泄和升华。其次,才是诗人用自己的嗓子喊出大家的声音。个人和集体的需要结合在了一起,诗一旦诞生,便会在不同的地方被人传诵。换句话说,这实在是一个真正需要诗的时代,诗人生在这个时代才是幸运的。

阿赫玛托娃对于年轻人的魅力也在于此。我们更多地诉说着她的不幸,她的传奇。我们喋喋不休叽里呱啦,不是因为知道得多,是因为知道得不多。一个人被打动,根本不用知道太多。我们喜欢诗人食指,是因为他在当时发出了与众不同的声音,是因为一个典型的叛逆者形象,是他受到的不公正待遇,是他居住的精神病医院,如果我们知道,郭路生其实一直想成为被主流认可的诗人,他努力着,曾经花很多时间体验生活,为了写一部讴歌红旗渠的长诗……我们的观点也许会因此发生重大改变。同样的道理,阿赫玛托娃也没想过要当主流之外的诗人,文坛对作家的诱惑无时不在,没有一个诗人不想被认可。真实的情况只是——文坛无情地摒弃了他们。并不是他们硬要拒绝,而是所谓主流中没有他们的位置,拒绝是一种迫不得已。

阿赫玛托娃在"文化大革命"前夕,像出土文物一样复活。这时候,她已经是一个七十多岁的老太太。这时候,斯大林已经死了十年。阿赫玛托娃连续获得了两项来自西方的荣誉,获得了意大利文学奖,获得了牛津大学授予的文学名誉博士学位,同时,她可能会获得诺贝尔奖的传闻也不翼而飞。虽然差不多又过了十年,阿赫玛托娃的名字才在中国部分年轻人中间流行,但是想一想此时正值中国的"文化大革命",这种姗姗来迟的文学反应就不奇怪了。与帕斯捷尔纳克的结局一样,阿赫玛托娃也是在获得声誉之后的不久离开人世,荣誉不是喜剧收场,而是催人泪下的悲剧结尾。很显然,年轻人喜欢阿赫玛托娃,更多的是对当时的铁幕统治不满,是对枷锁的强烈抗议。换句话说,我们被感动的,首先是诗人的不幸身世，是他们的遭遇，其次才是诗本身，其次才是诗人获得的荣誉。

文章憎命达，诗穷而后工。虽然诗人常被看作历史的宠儿，动不动加以桂冠的头衔，而且天生感觉良好，真实的境遇却恰恰相反。爱伦堡回忆巴尔蒙特，说有一次挤电车，因为人多，他竟然扯着嗓子叫开了："下流坯，闪开，太阳之子驾到！"自然没有人会理睬他，巴尔蒙特的幸运只是没有因此挨揍，最后不得不步行回家。同样的故事也发生在中国诗人身上，朱自清的日记中就记载着这么一段逸事，他与一位诗人在法国挤公共汽车，这位诗人要和别人论理，结果被身高力大的洋人像抓贼似的扔到了车下。诗人精神上的强大，与现实生活中的孱弱正好形成对比。普希金被誉为俄罗斯诗歌的太阳，月亮就是阿赫玛托娃，但是形容这位月亮，诺贝尔文学奖得主布罗茨基称她为"哀泣的缪斯"更确切。

阿赫玛托娃生前最喜欢庆祝的节日，是斯大林的忌日，她自己升入天堂的日子正好也是这一天。巧合可以作为话题供后人无数次咀嚼，对于喜欢阿赫玛托娃的人来说，说到这一点不得不深深感叹。在整个白银时代的诗人中，阿赫玛托娃不是最不幸的，却是一位活得最久的历史见证人。她是这个时代的象征，是一种精神力量的代表，在1974年，喜欢阿赫玛托娃，意味着同时也在向那些杰出的诗人致敬，他们是在法国潦倒而死的巴尔蒙特，被枪毙的古米廖夫，死于集中营的曼德里施塔姆，流浪在外无家可归的茨维塔耶娃,以及自杀的马雅可夫斯基和叶赛宁。喜欢阿赫玛托娃,意味着我们向往那个闪烁金属光芒的诗歌岁月,意味着对反叛和决裂的认同,意味着为了艺术,应该选择苦难,选择窘境,甚至选择绝望。

1989年,联合国教科文组织将本年度命名为"国际阿赫玛托娃年",纪念这位伟大诗人的百年诞辰。在记忆中,这并不是一件大不了的事情,几乎没有给我留下任何印象。这个时候的阿赫玛托娃真的老了,老态龙钟,满脸皱纹,超级大国的苏联解体在即,她的诗歌变得不重要,变得可有可无。阿赫玛托娃是禁锢年代的产物,坚冰一旦打破,解冻成为事实,她也就真正地从前台退到了幕后。十年以后,《阿赫玛托娃传》出版时,只印了一千本,后来又出版了一本《哀泣的缪斯》,印数同样很少。

阿赫玛托娃在中国的崇拜者,集中在"文化大革命"后期。人数不一定很多,但是质量很高,特别痴情,特别疯狂。人们在批判的文字中,寻找着有关她的语言碎片,不多的几首译诗被到处传抄。阿赫玛托娃成了真正的传奇人物,在那个年代里,只要是说说她的故事,就足以激动人心。对于阿赫玛托娃的崇拜者来说,任何一句亵渎的话都是绝对不能容忍。阿赫玛托娃代表着一种诗歌精神,代表着一种艺术追求的终极目标。这些狂热的崇拜者中,有个别人后来成了轰动一时的朦胧诗主将,成了中国诗歌界的佼佼者,然而大多数人都沉寂了,与诗歌挥手作别,与阿赫玛托娃再也没有任何恩怨。毕竟那个时代结束了,那个孕育诗歌的土壤已不复存在。

2002 年 12 月 4 日于河西

# 关于略萨的话题

　　去上海的列车上，断断续续一直在想，今天的活动应该说些什么。略萨先生到中国来了，最新的诺贝尔文学奖得主闪亮登场，将和中国的热心读者见面。媒体上早已沸沸扬扬，我从来就不是一个擅长言辞的人，尤其不喜欢在公共场合说话，今天既然专程赶过去捧场，肯定要说几句。

　　我知道将会遭遇一个非常热闹的场面，外面下着雨，忽大忽小忽冷忽热，典型的江南梅雨季节。在会场上，活动正式开始前，我见到了很多朋友，安忆来了，陈村来了，小宝来了，诗人王寅来了，李庆西夫妇从杭州赶来。这些熟悉的朋友让人感到亲切，我突然意识到，即将开始的文学聚会将成为一段文坛佳话，是文学的名义让我们又聚集一起。

　　我几乎立刻意识到，大家在这里碰面，并不是意味着某位诺贝尔奖得主要大驾光临。毫无疑问，如果没有这个大名鼎鼎的奖项,我们这些人肯定也会赶来,因为我们都读过他的小说,我们喜欢这个作家。事实上,这个活动早在一年前已经开始筹办,那时候,没有人会想到略萨会得诺贝尔文学奖,出版方也没有在赌他会得这个奖。

如果有人不相信我的说法,可以上网搜索。一年半前,新版的略萨著作刚推出,我曾写过推荐书评。也就是在那个时候,出版社告诉我,他们不仅出版了略萨的一系列作品,并且将邀请他来华,为他做一连串的宣传。有关略萨将来中国的消息,早在那时候就有报道。

很显然,如果没有诺贝尔文学奖,今天这个活动仍然也会按期举行。很显然,如果没有这个奖,活动的热闹会大打折扣。

略萨先生出场了,掌声,灯光,呼唤,一切都没有出乎意料,完全像个大 Party。计划中,我和甘露将作为嘉宾,上场与略萨进行对话。在这样喧嚣的场合,甘露显然比我老练,他与略萨一样穿着西装,没有系领带,又正式又休闲。

对话前是朗诵,大段的中文朗诵,地点在戏剧学院的一个小剧场,标准规范的普通话,声情并茂,抑扬顿挫。不能说朗诵得不好,应该说很好,很科班很学院,可是总有点格格不入,也许盗版碟看得太多,我已经习惯了配字幕的原声带,更喜欢原汁原味。

接下来,终于轮到略萨,终于听到了他的声音,真人的声音。略萨开始为听众朗诵《酒吧长谈》,我们听不懂他在说什么,懂不懂并不重要。我们更愿意听这声音，这也许就是大家今天来这里的目的，毕竟这才是原汁原味。毫无疑问，略萨的朗诵是今天活动中最精彩的一个片段，有幸耳闻，有幸目睹，足够了。

我已记不清自己说了些什么，有些紧张，不是因为面对大师，更不是因为诺贝尔奖。在公共场合，我都是这样没出息，大脑会不听使唤。准备了很多话，有的忘了，有的突然不想说了。也许，写作的意义就在于此，因为借助笔，或者说借助电脑，我们可以把思想的火花用文字固定下来，让白纸上落满黑字。很显然，作家能够成为作家，不是他会说，而是他能写。

我向略萨表达了感激之情，我告诉他，中国作家面对世界文学，向来是谦虚的，我们的父辈，父辈的父辈，对外国文学中的优秀作品，始终抱着一种虚心学习的态度。我没有说他是我见到的第一位活着的诺贝尔奖作家，尽管事实就是这样。我也没有向他表示祝贺，或者吹捧和赞美，说他是多么了不起。作为最新的一届得主，他正处在花丛和掌声之中，会在中国获得非同寻常的礼遇。作为一个写作者，他获得的荣誉已经太多了。

我觉得应该告诉略萨，与他一样，我们这一代作家，都是世界文学的受惠者。跟他一样，我们也读雨果，读托尔斯泰，读海明威和福克纳，读萨特和加缪，读博尔赫斯，读鲁尔福，一本接一本地读称之为文学爆炸的拉美作家。对于我们来说，略萨代表的这一代拉美作家，对我们这些刚走上文坛的青年人，有着不一样的意义。当然，并不是说他们就一定比前辈更出色，而是因为他们对于我们来说是活生生的现实，是与我们同时代的当代文学一部分。虽然相差了二十多岁，我们面对着同一个太阳和月亮。

必须承认，拉美文学爆炸的一代作家，是我们学习的榜样，是我们效仿的楷模，是我们精神上的同志。我们的目标很明确，既想继承世界文学最精彩的那些部分，同时也希望像拉美的前辈一样，打破既定的文学秩序，在世界文学的格局里，顽强地发出自己的声音。

拉美文学的爆炸，影响了世界。我们是被影响的一部分，我们是被炸，心甘情愿地被狂轰滥炸，因为这个，我们应该表示感激之情。

文学对话开始前，主持人对我说，因为话筒不够，待一会儿话筒到了你手上，就由你来控制局面，最好不要冷场。几乎在第一时间，我便想到甘露，既然主持人可以把话筒推给我，我当然应该毫不犹豫地推给他。结果，当我和甘露各说了一段话以后，我们竟然哑场了，一时不知道说什么好。

幸好甘露临时想到了一个话题，让略萨的演讲源源不断地说下去。略萨显然是有备而来，大谈他的文学影响和传承，大谈他的文学同行，说博尔赫斯，说鲁尔福，说马尔克斯。事实上，这些都是我们熟悉的话题，是我们已经知道的文学史，说是课堂上的老生常谈也不为过。类似的演讲肯定不是第一次，众口永远难调,略萨的表现非常得体,大度,谦虚,同时又十分自信。

略萨的谈话洋洋洒洒,说世界文学的影响,他报了一大串名字,轻轻带过了中国文学。为了避免进一步的冷场,我不得不准备了一个近似八卦的话题,真要是无话可说,就逼他谈谈对中国文学的印象。好在已经用不到了,我们的对话很快到了尾声,到了听众的提问时间,话筒又回到了主持人手上。

客随主便,到人屋檐下,不能不低头,就算是再尊贵的客人,略萨也必须继续老生常谈,不得不回答,重复那些自己或许根本不愿意说的话题。诺贝尔文学奖对他有什么影响,对人生有什么改变。既然是第二次来上海,对上海的印象怎么样,上海有了什么样的巨大变化。对专业写作和业余写作有什么样的观点,一个作家究竟是应该业余写作,还是成为全心全意的专业作家。

和大多数演讲者一样,略萨对这些老套话题,很有耐心,友好,真诚,掏着心窝。

略萨回答听众提问的时候,几个学生模样的人开始退场。你可以说这些青年人很无礼,也可以说他们特立独行,非常自信,应该有这个自由,根本不在乎演讲者的诺贝尔奖光环。我不知道略萨是怎么想的,他无疑也会吃惊,会略微有些不爽,但是还在继续回答,仍然继续发挥。我却感到很羞愧,这就是今天的文学现实,无论你是多大的腕儿,都可能只是突然热闹一番,一下子聚集了许多人,灯火辉煌掌声四起,大家更可能不是奔文学而来,更可能凑个热闹抬腿就走。我的女儿也在现场,作为一名父亲,她此时此刻做出这样的无礼行为,我一定会事后教训。同样,如果我是学校的老师,肯定会告诫学生,你们可以不去听某人的演讲,中途三三两两退场,既是不尊重别人,也是不尊重自己。

略萨说起自己文学创作初始的艰辛,那时候他太年轻,为养家糊口,一下子兼着好几份工作,在图书馆打工,当记者,最让人吃惊的,还有一份活儿竟然是为死人做登记。他讲述了一个写作者最可能面对的悲哀现实,为了喜欢写,为了能写,你也许必须先找一个管饭吃的工作,这份工作很可能是你非常不愿意干的。

现场有同声翻译,有些片段完全听明白不容易,但是略萨说的这段话我听得非常清楚,太直白了,是个正常人就应该完全理解。事实上,大多数热爱写作的人,都可能有过这样的经历,都有过类似的强烈感受。有趣的是,某些媒体人士与我理解的并不完全一样,最不靠谱的还是网上的反应,这段话到了某记者笔下却成为这样,而且被广泛转发:

> 下午去采访略萨与中国作家对话,老头说,他不支持"专业作家"这样的做法,很多优秀经典作品都是在艰苦的环境下诞生的,作家如果被养起来,是没有感觉的。当时,坐在他身边的叶兆言和孙甘露,貌似脸都绿了。看来这就是中国出不了诺贝尔文学奖的真正原因了。这个当了一辈子记者的老头,真犀利。

略萨并没有当一辈子的记者，这完全是想当然，自说自话。作为一名职业作家，略萨一直在追求一个能够安心写作的环境，幸运的是得到了，他可以自由地写作，而不是为了饭碗去工作。艰苦的环境与诺贝尔奖没有直接关系，略萨绝对没有说不支持"专业作家"，很显然他根本弄不明白中国特色的所谓"专业作家"，他所关心的只是，一个写作者能否全心全意地写作，是否全身心，对于一个作家来说，除了写，没有什么比写更重要。

略萨也许是小说家中最关心政治的人，他关心政治，投身政治，竞选过总统。这不代表所有的写作者都应该向他学习，事实上，绝大多数作家根本不擅长政治，政治跟文学从来都是两回事。政治的肮脏远比我们的想象更糟糕，更令人生厌，略萨的幸运在于他被政治戏弄、玩耍，最后幡然醒悟，不得不叹着气远离了这个该死的泥潭。

略萨的意义，不是因为他曾经是极端的左派，后来又成为坚定不移的右派。拉美作家皆不太甘于寂寞，血管里盐分多，力比多也强烈，坚决不回避政治。马尔克斯喜欢古巴的卡斯特罗，为抗议智利政变，文学罢工五年。略萨有过之而无不及，年轻时参加共产党，学习马列著作，研究毛泽东思想，后来思想右倾，成为政党领袖，参加总统竞选，一度还处于领先，眼看就要黄袍加身，最后输给了那个日本人藤森。

略萨的意义，在于写出了优秀的文学作品。因为一连串优秀的小说,我们这些热爱文学的人,有幸聚会在此,愿意走到这里来。政治上的失败成全了他,同时也给了我们这次愿意相会的理由。

带了一本初版的《青楼》赶往上海,请略萨在上面签名留念。这是我众多藏书中的一本,这么做既表示对作者的崇敬,更是对一个逝去的阅读时代的怀念。三十年前,略萨的这本书第一版就印了五万册,如今虽然有诺贝尔奖的光环罩着,新版印数并不乐观。

美好的阅读时代离我们越来越远,文学的生存处境越来越糟糕。不止在中国,在世界范围内,差不多都这样。阅读已不重要,正处在边缘的边缘,今天的大众更关心话题,更喜欢浮光掠影的报道,更愿意看网上犀利的议论。略萨来了,略萨很快就要走,如果我们没有因此去触摸他的文字,年长者没有重温历史,年轻人还是不愿意阅读,他或许就真是白来了。

2011 年 6 月 16 日于河西

# 去见奈保尔

中国的文化人对于西方,始终保持足够敬意。作为一个东方文明古国,向往西方可以说有悠久传统。东汉时期开始了轰轰烈烈的佛学运动,这是中国历史上第一次西化。

今天的西方人眼里,佛教代表东方,在古时候中国人心目中,佛学非常西方。唐朝一位皇帝为一个和尚翻译的经书作序,产生了一篇书法史上有重要地位的《圣教序》,用到了"慈云"这个词,所谓"引慈云于西极",把佛教的地位抬得极高。在皇帝的序中还有这么一句话,"朗爱水于昏波",什么意思呢?意思是说水原本是很好的东西,充满爱,现如今却被搅浑了,不干净了,于是通过教化,通过引进的西方经典,让水能够重新变得清朗起来。

那个会翻译的唐朝和尚,是中国古代最伟大的翻译家,后来成了小说《西游记》中的重要人物唐僧,不过一旦进入小说领域,方向立刻改变,佛学内容已不重要,重要的是如何才能到达西方。

换句话说,是如何抵达的过程。事实上,它说的就是几个流浪汉如何去西天取经的经历,既然是小说,怎么样才能让故事更有趣和更好玩,变得更重要。《西游记》生动地说明了向西方取经学习的艰辛,必须经过九九八十一次磨难。

中国古代文化人敬仰西方由来已久,都喜欢在佛学中寻找安慰。自称或被称"居士"的人很多,李白是青莲居士,苏轼是东坡居士,文化人盖个茅屋便可以当作修行的"精舍"。佛学影响无所不在,说得好听是高山仰止,见贤思齐;说得不好听就是"妄谈禅",不懂装懂。

古代这样,近现代也这样,我们前辈的前辈,祖父曾祖父级的老人都把外国小说看得很重,譬如鲁迅先生,就坦承自己写小说的那点本事,是向外国人学的。我的父亲是一名热爱写作却不太成功的作家,也是一个喜欢藏书的人,我所在那个城市中的一名藏书状元,他的藏书中,绝大多数都是翻译的外国小说。

我们这一代作家更不用多说,我曾经写过一篇很长的文章,谈论外国小说对我的影响,有一句话似乎有些肉麻,那就是外国月亮不一定比中国的圆,但小说确实比中国的好。又譬如再下一代,我们的孩子只要兴趣在文学上,他们就不敢怠慢外国文学。我女儿在大学教授外国文学,知道我要去与获得诺贝尔奖的奈保尔先生见面,很激动,大热的天儿,也想赶往上海凑热闹,被我阻止了。因为我知道,尽管她英文很好,完全可以和自己的偶像对话聊天,但是显然不会有这样的好机会,乖乖地待在家看电视算了。女儿拿出一大摞藏书,有英文原版的,也有香港繁体字版和大陆版的,托我请奈保尔签名。书太多了,最后我只能各选了一种。

毫无疑问,对于精通外文,或者根本不懂外文的中国人来说,翻译永远是一门走样的艺术。就像佛经在中国汉化一样,外国文学名著来到这儿,必定是变形的,夸张的,甚至是扭曲的。这也是一种无可奈何的选择,就像优秀的中国古典诗歌不能用现代汉语翻译一样,利远远大于弊,得到要远比损失多得多,它们给我们的营养、教诲、提示,甚至包括误会,都具有不同寻常的意义。它们悄悄地改变了我们,而且不只是改变,很可能还塑造了我们。

2014年8月12日,如约在上海见到了奈保尔。我不是个喜欢热闹的人,这次参加国际图书展,也是因为有本自己的新书要做宣传。不管怎么说,能与奈保尔见一面,也可以算一件幸运的事,毕竟他是近些年得奖作家中的佼佼者。不过凡事都怕比较,同样是诺贝尔文学奖得主,与几年前的略萨先生出现不一样,这一次显得更加隆重。

或许是身体不太好的缘故,只要是奈保尔一出现,难免前呼后拥。他坐在轮椅上,突然被推进了会客室,立刻引起一阵混乱。一时间,真正感到困惑的是奈保尔,他显然不太适合这样的场合,大家过去跟他握手,翻译大声在他耳边提示,他似懂非懂地点头,微笑,再点头,再微笑。

会客室里放着一圈大沙发,这场面照例只适合领导接见,不便于大家聊天。沙发太大,人和人隔得太远,说话要扯开嗓子喊,这会显得很无礼。奈保尔十分孤单地被搁在中央,依然坐在轮椅上,也没办法跟别人说话。记者们噼里啪啦照相,不断有人上前合影,我无心这样的热闹,远远地用手机拍了几张头像,不是很清晰,只觉得他有点不耐烦,有点无奈,有点忧郁。

接下来与读者见面,对话,然后晚宴。印象最深的是提问环节,问是否接触过中国文学,他很坦白地说没有,问是否和中国作家打过交道,答案还是没有。回答很干脆,直截了当。晚宴上,我过去给他敬酒,他很吃力地听翻译介绍,很吃力地举杯,看着杯子里的红酒,轻轻地抿了一口。

奈保尔签名很认真,字不大,布局很好,写在非常适合的位置上,浑然一体,仿佛印在书上一样。带了四本书,每一本都写了,看到他那么吃力,真有些于心不忍。

2014 年 8 月 12 日于上海

第二辑

# 朱自清先生醉酒说英语

读朱自清先生日记,有几处小记录让人会心一笑。譬如喝醉了酒,一向拘谨的朱先生会慷慨陈词,对熟悉的朋友大说英语,这是地道的酒后"胡说"和出"洋相"。事后听别人说起,朱先生非常震惊,也非常羞愧。我们都知道朱先生是个认真严肃的人,酒后失态本不足为奇,发生在他身上却多少有些意外,仿佛做鬼脸,如果是学童倒也罢了,没想到私塾先生也变得调皮捣蛋起来。上世纪 30 年代初,朱先生以清华大学中文系主任的身份,去欧洲做访问学者,为此写了《欧游杂记》和《伦敦杂记》,传阅一时。不过我更喜欢他的日记,因为这类文字不为发表而作,可以读到更真实的东西。1933 年 12 月 5 日的日记上有这么一段:

> 早大一有人示我"文侯之命",问文侯是指重耳否,余竟不知所对,惶恐之至。

即使最有学问的人,也不可能什么都知道,"惶恐之至"充分说明朱先生做人的态度。在英国期间,因为英文程度不够,朱先生屡屡遭人白眼。不由得想起闻一多和郁达夫国外留学时的情景,都说中国人出了国都爱国,但是留学的年龄阶段不同,思想情绪也不同。闻和郁在国外做学生时岁数还小,受人歧视,难免孩子气,因此也难免口号标语似的愤怒。朱自清已经是清华的大教授系主任,他所产生的情绪就要复杂得多。

首先是学外国语言产生的自卑。年龄越轻,学习语言能力越强;反过来,年龄越大,能力越弱。但是年龄大了,理解能力更强,于是弱和强的悬差,让做事认真的朱先生无所适从。出国三个月以后,朱先生第一次做了这样的梦,他梦见自己"被清华大学解聘,并取消教授资格,因为我的常识不够"。这个梦很值得让人玩味,一个月后,他又一次做了类似的梦,"梦见我因研究精神不够而被解聘,这是我第二次梦见这种事了"。有趣的是这种噩梦还在延续,过了四年,早已回国的朱先生在日记中写道:

> 昨夜得梦,大学内起骚动。我们躲进一座如大钟寺的寺庙,在厕所偶一露面,即为冲入的学生发现。他们缚住我的手,谴责我从不读书,并且研究毫无系统。我承认这两点并愿一旦获释即提出辞职。

我想说的是,做学问的人老是自卑和自责,绝对不是什么坏事,盲目自大才是可笑的。钱锺书先生在小说《围城》中,把出国留学镀金比喻成为种预防天花的牛痘,胳膊上有了那么一个疤,做学问的便算功德圆满。这个带有讽刺意味的比喻虽然尖刻,毕竟涉及了要害。朱先生在日记中曾这样勉励自己,说现在大学里的好位置,差不多都已被归国留学生占满了,像他这种没出国留学过的教授已是硕惜仅存,必须自重,珍惜自己的机会,要加倍努力。这绝对是当时的实情,留学犹如科举时代的功名,有没有进士出身的身份至关重要。在朱先生日记中,屡屡能看到俞平伯先生闹加薪,这让朱先生很为难,作为好友,深知俞平伯的学问,可是作为系主任,不能不考虑到资历,只能让俞平伯一再失望。俞先生出身北京大学,和傅斯年一样,同为黄侃先生的高足,又同是"五四"新青年,可是傅斯年在国外留学多年,其地位和待遇不知高出多少。1920年俞先生和傅斯年曾乘同一艘轮船去欧洲闯荡,到英国以后,傅先生留了下来,俞先生却因为留学费用不足,玩了一圈潇洒回国,结果没有洋学历便成终生的遗憾。

朱先生在英国做访问学者的时候,非常用功,像海绵一样充分吮吸着西方的养料,文学,哲学,艺术,交际舞以及各种客套礼节,无不一一虚心学习。值得指出的是,朱先生此时虽已和陈竹隐女士订婚,但并没有完婚,是地道的黄金王老五。在朱先生身上,见不到今日成功人士的那种自以为是,他到了西方,没有潇洒地赶快享乐人生,而是老老实实做学问,丝毫不敢怠慢。庞大的西方像座高山一样蛮横地挡在他前面,他努力了,用功了,甚至可以说奋斗了,但是结果却是,越想更多地了解,越发现根本不了解,越是崇敬,越是自卑。因此,在他的梦境中,因没有学问被解聘也就不奇怪,隐藏在潜意识中的恐惧仿佛漏网的鱼逃了出来。

自从进入近代以后,中国的学人对于西方总是崇敬与疑虑并存,陈寅恪在《冯友兰中国哲学史下册审查报告》中说:

> 窃疑中国自今日以后,即使能忠实输入北美或东欧之思想,其结局当亦等于玄奘唯识之学,在吾国思想史上,既不能居最高之地位,且亦终归于歇绝者。

陈先生的意思是说,无论生搬美国的资本主义,还是硬套苏联的社会主义,在有着几千年传统的中国,都成不了大气候。这道理大家多少也有些明白,陈先生在国外待过许多年,通晓多国语言,由他来指出这件皇帝的新衣最有说服力。问题在于,事物总是有另一面,成不成大气候是一回事,管用不管用又是另外一回事。外来的和尚好念经,外国的东西确实对中国起着决定作用,这不仅表现在政治思想上,同时也反映在学术思想上。

吴宓先生在晚年的日记中曾说:

> 寅恪兄之思想及主张毫未改变,即仍遵守昔年"中学为体,西学为用"之说(中国文化本位论)。在我辈个人如寅恪者,决不从时俗为转移。

"中学为体,西学为用"本身就是一种时俗。趋时从俗有时候免不了,只有程度的不同,就好像同样喜欢外国的好东西,有人关注先进的文化思想,有人留恋流行的实用小家电。不同的人,对西学为用的"用"，有截然不同的理解。不由得想起学术界关于中国人种起源的讨论，古文大师章太炎的《种姓篇》就认为中国人的祖先源于古巴比伦人，另一位经学大师刘师培也持差不多的观点。时至今日，这种胡乱认人作父的学术观点听上去怪怪的，但是在一个世纪前，这其实是一些很有意义的思考，学术界不仅怀疑中国人源于古巴比伦，而且还可能是古埃及古印度的后裔。

做学问具有开放性的思维总是好事。陈寅恪先生的过人之处，在于他对西方文化有超过常人的学识修养，在于扎实的现代史学基本功训练。陈先生也承认，他研究中西文化交流，尤其是佛学传播和中亚史地，都曾深受西洋学者的影响。这是一些终身受用的影响，在很多方面，外国人做中国的学问，比中国人做得更好，这是一个不争的事实。然而仅仅是受其影响，还是远远不够，师傅领进门，修行在个人。做学问有做学生的虚心是对的，如果老是当不长进的学生，老跟在洋人后面亦步亦趋就不足取。受最先进的学术影响，向最先进的思想看齐，是通往真理之路的捷径，也是打开现代学术之门的钥匙，去西方留学不外乎为了走捷径和找钥匙，朱自清正是带着这样的观点远赴英伦。但是，天下没有免费的午餐，便宜无好货，捷径也会把人引向死胡同，钥匙却可能只是打开了一道无关紧要的院门。

有个河南人去美国研究哲学好多年，突然看破红尘，起程回国，去少林寺当了和尚。大家觉得奇怪，既然是出家，何必远涉重洋,绕道美利坚,直接在老家上山不就行了。做学问犹如出家当和尚,有时候非得绕道走点弯路才行。顿悟的境界不是什么人都能轻易达到的,看问题的角度不同,得出的结论也就不同。上世纪的 60 年代末,中国正进行着如火如荼的"文化大革命",著名汉学家李约瑟先生在《东西方的科学与社会》中表达了一个十分有趣的观点,这个观点我们真是不太乐意接受,就是中国科学的发展主要是为了"实用"。无论是在过去,还是在今天,中国人都天真地相信自己的文化传统,更多的是精神上的追求,"朝闻道,夕死可矣",所谓"君子养浩然之气"。天知道中国的科学实用在什么地方,恰如鲁迅先生说过的那样,中国人发明了火药是做爆竹敬鬼神,发明了指南针也不过是用来看风水,而火药和指南针只有到了洋人手里,才能成为征服殖民地掠夺宝藏的利器,应该说洋人讲究实用才对。

联系到"中学为体,西学为用"这句著名的口号,就会意识到李约瑟并没有完全说错。不识庐山真面目,只缘身在此山中,"实用"这个词早就扎根在我们的文化中,只是不知不觉。越是到近代,实用的观点越是甚嚣尘上。譬如郭沫若对闻一多先生有个很新奇的比喻,说闻先生虽然在古代文献里游泳,但不是作为一条鱼,而是作为一枚鱼雷,目的是为了批判古代,是为了钻进古代的肚子,将古代炸个稀巴烂。闻一多生前也曾对臧克家说过:"你诬枉了我,当我是一个蠹鱼,不晓得我是杀蠹的芸香。虽然两者都藏在书里,他们的作用并不一样。"他声称自己深入古典,是为了和革命的人里应外合,把传统杀个人仰马翻。在一些文章中,他甚至把儒家、道家和土匪放在一起议论,"我比任何人还恨那些故纸堆,正因为恨它,更不能不弄个明白"。

我一向怀疑这话中间多少有些作秀成分,按照我的傻想法,闻先生如果不是对中国古典的东西情有独钟,有着特殊的兴趣,绝不可能成为一名纯粹的书虫。抗战期间,西南联大的文学院落脚蒙自,闻先生在歌胪士洋行楼上埋头做学问,除了上课、吃饭,几乎不下楼,同事因此给他取名为"何妨一下楼主人"。如果仅仅是为了和古代文化作对,给传统添些麻烦,这种信念支撑不了多少时间,因此,我更愿意相信他只是找个冠冕堂皇的借口,因为在习惯中,大家共同关心的兴奋点,常常是我们的行为有什么"用",对于国计民生有什么实际的好处,有什么样的思想教育意义。以成败论英雄,以有用没用来衡量价值,这种学理定式并不是随便就能改变的。做学问和做生意并不一样,可是在谈论别人的学问时,我们常犯的一个低级错误是自己也忍不住变成了生意人。

正如把清朝乾嘉学派的考证说成是只会做死学问,简单地归结为一代知识分子怕掉脑袋,这种貌似深刻、似是而非的简单结论,多少有点投机取巧。乾嘉学者在考据上找到的乐趣是后人无法想象的,学问无所谓死活,书呆子往往比那些读书的机灵鬼更可爱。回顾已经过去的上个世纪的学术史,我对闻一多先生学术研究的中断觉得最痛心，因为他对中国文学史研究的独到匠心，空前绝后无人匹敌。与严谨认真的朱先生相比，闻先生的才学识各方面都更胜一筹。虽然在美国留学时学的是美术，但是因为早年就打下的良好西方教育基础，就如种过牛痘已有免疫能力一样，他不会在令人眼花缭乱的西方思想面前无所适从。他全身心投入自己所做学问的那股疯狂劲儿，为了一个词汇一个神话下的刻苦钻研功夫，使同时代以及后来的学人望尘莫及。

更难能可贵的是，闻先生拥有诗人的敏感与丰富想象。良好的基础与吃苦耐劳的精神，对于做学问来说，确是非常难得，毕竟还不是凤毛麟角，无迹可寻。就像是否"有用"不是最重要一样，基础与刻苦只是鸟的一对翅膀，没有翅膀飞不起来，也飞不高，但是，仅仅有翅膀仍然远远不够。诗人的敏感和想象能够创造一切，纵观古今中外，第一流的学问恰恰都是有诗人气质的人完成的，诗人不计成败利钝，无所谓后果，不在乎起因。放大了说，诗人气质绝非只有诗人才有，这是一种难以用语言描述的东西，看不见，摸不着，无声无臭，来无影去无踪，它创造了世界上一切真正美好的东西。

诗人气质不仅造就了第一流的诗人，还可以产生第一流的艺术家和科学家，产生第一流的政治家和商人，产生第一流的军人和运动员。自然科学和人文科学在诗歌精神上可以对话，大科学家本身就是一首诗，牛顿，达尔文，爱因斯坦，他们的发明创造离不了诗歌精神。乾嘉学者致力于训诂,达尔文研究人类进化,牛顿和爱因斯坦投身于物理学,都是异曲同工,因此,不要以是否实用来判断是非,不要以是否产生经济利益评估价值高低,这种并不很新的老调还得重弹。

2001 年 3 月 12 日于河西

# 胡适先生的应节

　　一个偶然机会，读了《胡适雷震来往书信选集》，有些话难以释怀。1959年1月2日，胡适在信中提到自己为《中国共产党之来源》一书题签，抱怨写了好几次，还是写不好。胡适的字在同时代人中算不上很好，可风气就是这样，人家看重的不是字好坏，是书写者的名声。

　　没看过《中国共产党之来源》。记得有一阵对这类书曾有浓厚兴趣，看过很多回忆录。港版之外，大陆出版常以内部读物发行，也不难找，我们所以产生兴趣，往往因为它们是内部读物。这是从小养成的一种阅读兴趣，有点窥探隐私的意思，越是不让看越想看。不只是历史读物，对于文学作品也是一样，像我这样的人，完全可以称为读"黄皮书"长大的一代。今天的年轻人已不知道什么叫黄皮书，它们是最典型的"内部读物"，似禁非禁，也属于一种特权，意味着有人能看，有人不能看。有些书在过去非要一定的级别待遇才可以购买,事实上,真有那些级别待遇的人不是老眼昏花,就是太忙乱,根本不会去看。

我不知道会有多少人去读这样一本《胡适雷震来往书信选集》,想来也不太多,书到了想出就出的地步,读者反而变得无所适从。我必须承认完全是因为偶然原因才去读这本书,时至今日,出版尺度放宽了,网上更是百无禁忌,太多的好书非常容易读到,阅读的兴趣却大为减弱。

还是回到这本书。就在这封信里,胡适向雷震提到了工厂的校对谢先生,说这位谢先生不懂得自己说过的一番话,说此人没有幽默感,因此并不在乎他的看法。胡适的一番话,是指在"光复大陆设计委员会"的发言,这个发言有些应景,主要是分析"三民主义是科学的"这种说法,他的解释是想强调,如果三民主义真是科学,那么它的提倡者必须是"曾作过一番虚心的研究,研究的态度是容忍的,是兼容并包的,而不是独断的,不是教条主义的"。胡适以斩钉截铁的语气强调,只有这样,才可以解释三民主义究竟是不是科学。

我当然不知道那位工厂校对谢先生是何许人也,他代表着当时的一种声音。胡适抱怨谢没听懂自己的话,甚至还隐隐觉得,连老友雷震恐怕也没弄懂。无论谢先生还是雷震,都没参加这次会议,他们只能看报纸上的记录,这些记录用胡适的话来说,就是"奇怪之至",驴唇不对马嘴。不过胡适也很坦然,说报纸上记录的这类讲话难免应节,根本不值得深究,他也不必置辩。

"应节"二字并不难懂,按中国古书的原义,就是适应和迎合。曹丕《让禅令》中有"风雨应节,祯祥触类而见",《聊斋志异》中写促织,说它"每闻琴瑟之声,则应节而舞"。应节和应景基本上是同义词,为了解释得更清楚,胡适在信中特别加了英文解释,说"应节"是"occasional",意思是指特殊场合的发言。应节讲演在胡适看来,本是迫不得已的"苦事",结果演说词还要登在报纸第一版上示众,上头条,被曲解被误读,那就更是苦事了。

胡适信中用到"应节"这个字眼,好像随便说说,其实很认真。他说别人缺少幽默感,自己未必就有多幽默,作为"五四"一代人,他总体上还属于喜欢顶真,所谓幽默只停留在"怕老婆"这种玩笑上。胡适的为人既宽容也认真,宽容是允许别人说话,认真是一板一眼,实事求是,嘴上说不置辩,忍不住还是想说说清楚,仿佛有人反复强调不解释,有时候不解释就是解释。

同年1月9日给雷震的另一封信中,胡适意犹未尽地旧话重提,说自己那个应节演说的反响五花八门,有些人说是"太大胆",有些人说是"太捧场",而美国朋友则说是"很谨慎"。胡适说他觉得这些"都是很自然的反应,我毫不感觉奇怪"。事实上,他当然有想法,只不过是无奈而已。时隔五十多年,重读这些旧信,感受最深的还是胡适不解释之解释,不置辩之置辩。

如果不明白胡适与雷震的关系,不知道两人前后的恩怨,这些私人信件不读也罢,读了也会不知所云。事实上,雷震对胡适的景仰从没有改变,胡适也从没有背叛过雷震。上面提到的两封信发出后第二年,发生了著名的雷震案,雷震锒铛入狱;又过了四十年,雷震被正式平反。坊间曾有不少议论,认为胡适当年害怕老蒋不满,不敢去牢房探监,这是不仁不义,是一种懦弱的表现。只要读过雷震服刑期间他们的通信,顿时会觉得这些议论很不实事求是,很浮浅,没什么意思,就像今天许多网上的慷慨发言,想到哪儿说到哪儿,想怎么说就怎么说。

1945年抗战胜利,胡适给当年的学生毛泽东写信,希望他能放下武器,仿照没有一兵一卒的英国工党以选举取胜,用和平的方式与蒋介石争夺天下。结果当然是很可笑,无论共产党还是国民党,都觉得他是个不折不扣的书呆子,是痴人说梦。

然而这就是读书人的见解,观点常会和别人不一样,看法十分独到,即使应节发言也如此。锣鼓听音,说话听声,显然,对于胡适先生的应节,对于他的许多不解释不置辩,我们更应该看到随便中的不随便,看到他的容忍,看到他的无奈。

2014年11月5日于河西

# 闹着玩儿的文人

## 1

　　金性尧先生的《土中录》专谈清朝文字狱,其中一篇《蔡显因自首而斩首》给我留下很深印象。大家都知道清朝文字狱的残酷,随着年代久远,残酷有时候也会变成一种古怪,变成滑稽和荒唐。乾隆三十二年,已经七十一岁的举人蔡显,心惊胆战捧着刚刻成的《闲渔闲闲录》,到松江府去自首,说自己这本新出版的书"并无不法语句",只是担心有人恶意举报,因此决定走"坦白从宽"这条路,主动到官府说清楚。七十老叟沽名钓誉,自费出本闲书,在文字狱如火如荼的日子里,是活着不耐烦,没事找事,他诚惶诚恐,自信没什么大错,即使有点小毛病,也构不成大狱,然而结局却很悲惨,坦白认罪了,"从宽"二字并没有太多商量。蔡显

102

被判凌迟，也就是说千刀万剐，长子杀头，是斩立决，后来皇帝出面开恩，蔡显被改判斩首，死个痛快，长子改为斩监候，所谓死缓，其他的儿女和妻妾皆给功臣家为奴。清朝文字狱有很多人遭难，像这种自投罗网自讨没趣，还真不多。

不由得想起晚明，那年头的文人多么自在。即使到清初，文人不管杀头不杀头，气节还在，譬如没掉脑袋的顾炎武，大清朝逼他出来做官，他死活不依，不做官就是不做官，还发文人脾气，说什么"刀绳俱在，无速我死"。他认定死理，就这么倔强，就这么昂着高贵的头颅做人，而且照样著述，按后来的文字狱标准，有十个脑袋也不够砍。又譬如被杀头的金圣叹，照样痛痛快快说几声"不亦快哉"，虽然已做了亡国奴，照样写文章，照样"白说邪说，皆成妙笔"。多少年后，民间还流传着故事，有一副对联挖苦与父亲小妾偷情，据传就出自金圣叹之手：

> 母爱儿娇，五十岁犹在怀中；
>
> 子承父业，三寸地岂容荒芜。

## 2

中国的大历史，容易造成天下是读书人的错觉。万般皆下品，唯有读书高，读书人的感觉良好，反过来也感染用不着读书的人。譬如，武人只要会打仗就行，保家卫国乃军人天职，偏偏中国的军人大都不擅此道,民国初年的徐树铮便是例子,他是段祺瑞的第一心腹,政坛上曾经呼风唤雨。黑暗的北洋军阀时期是中国文人少有的一个自由时代,军人混战,忙着发通电抢地盘,没时间来收拾文人,即使逮着一两个来出气,像林白水和邵飘萍的被杀,像李大钊的上绞刑架,由于杀人很快完蛋,不仅吓唬不了文人,反而更激怒了文人,更促进了文人的捣蛋。

徐树铮在战场上没什么业绩,却旁门左道地喜欢桐城派古文,他一本正经撰写过《徐氏评点古文辞类纂》,并由红极一时的林纾作序。在序中,林纾把徐狠狠地夸了几句,说如今天下大乱,徐整日忙于军务,竟然还能"出其余力以治此,可云得儒将之风流矣",马屁拍得不算轻。林纾性耿直,轻易不肯夸人,他是桐城的领军人物,能得到他的评价,桐城之学也算修得正果。不过这种话千万不可当真,文人难免闹着玩儿的心理,恰如好嫉妒的妇人,只有女人才是她的天敌,对于徐树铮这样的武人,林纾显然运用了不同标准。当然,还有一个原因也不可忽视,林纾翻译《茶花女》大出风头,此时已经失意,此一时,彼一时,一旦进入民国,恰如钱锺书的父亲钱基博老人所言:

> 民国兴,章炳麟实为革命先觉;又能识别古书真伪,不如桐城派学者以空文号天下。于是章氏之学兴,林纾之说熸。纾、其昶、永概咸去大学;而章氏之徒代之。

饭碗都让人夺去了,这口鸟气如何咽得下去。京师大学堂一

104

度是桐城派的天下，这一派的著名人物吴汝纶当过京师大学堂的总教习，胳膊肘总是往内拐，有权自然要用，在他的把持下，桐城的私货都塞到了当时的最高学府。可是不过几年工夫，大清朝终于到尽头，吴汝纶也死了，京师大学堂改名为北京大学，规矩随之改变，桐城的威风不再，很快成了落水狗，成了"桐城妖孽"。林纾在《与姚永概书》中，大发牢骚，结尾处写道：

> 非斤斤于此辈争短长；正以骨鲠在喉，不探取而出之，坐卧皆弗爽也。

林纾视章氏之徒的学问，只是"震眩流俗之耳目"，自信"可计日而见其败"。

对于研究中国现代文学的人来说，林纾的引人注目，不是用桐城笔法翻译外国小说，而是由他引发的一场白话文言的论战。这是个老掉牙的议题，实际上，开始时只是地道的门户之见，因为章太炎本人并不赞成白话文，他的大弟子黄侃一直旗帜鲜明地反对新文学运动，章太炎和黄侃推崇魏晋文章，提倡音韵训诂之学，和桐城派古文针锋相对，形同水火。林纾看不顺眼，又不甘心自己的失势，于是病急乱投医，便和武人徐树铮搞到一路去了，本来是个闹剧，军阀要文人装点门面，文人靠军阀造些声势，但是他这么做，给在北大已站住脚跟的章氏之徒抓住了反击机会。

众所周知，章氏之徒为了白话古文，自己就闹得不可开交。林纾看不上章太炎，章太炎看不上林纾，双方懒得交手，没什么戏可看。对于刚闹起来的新文化运动,林纾并不放在眼里,他写了一篇小说《荆生》,凭空塑造了一个"伟丈夫",突然破壁而出,把提倡新文化运动的几员骁将,狠狠地收拾了一通。这本是文人的小把戏,是精神胜利法,然而章氏之徒中提倡白话文的几位,故意做出很着急的样子,说师兄黄侃反对白话文,不过是嘴上说说而已,林纾却是要玩真格的,想借助枪杆子,镇压白话文运动。"伟丈夫"是谁不言而喻,此时正是徐树铮最得意之际,炙手可热,林纾显然希望他大开杀戒,该出手时就出手,一举消灭文坛上的乱党。

文人相争,难免言重,依照林纾的顽固脾气,他未必不这么想,可是想永远当不了真,章氏之徒未必是真的怕,审时度势,稍有些脑子的人,就知道徐树铮即使有这个心,也没这个能耐。自从有了租界,文人不仅有了胡说八道的机会,还有了信口骂人的自由,民国建立,制度上的共和,文人在言论上更开放。文人敢在报纸上骂军阀,并不是因为胆大,而是因为允许。这一次,书呆子兮兮的林纾真看走眼,徐树铮在军阀纷争中,很快失意,失意的军人比文人还不如,徐树铮后来被拘留,未经审判就给毙了,死得不明不白。

## 3

林纾想用枪杆子来解决问题,是开了一个坏头,因为文人相争,君子动口不动手,借助外力和强权来帮助,为自己壮胆助威,就算是胜,也胜之不武。文人应该是刀子口,菩萨心,不应该动辄产生杀机。徐树铮的下场,反过来给林纾的对手一种大获全胜的感觉,从此,文学史上提到林纾,常把他当作一个笑柄。

其实文人相争,不一定非要决出胜负。相争是言论自由的具体表现,文人有话不能说不敢说,这才是一件可悲的事情。鲁迅先生喜欢辩论是非,眼睛里容不得沙子,一生骂人无数,也被无数人责骂。被人责骂或者调侃,自然不会有什么好话。最极端和最有趣的是叶灵凤,这位学绘画的小伙子自从进创造社,文章没什么长进,胡闹的功夫与师兄弟相比,有过之无不及,他写了篇小说《穷愁的自传》,男主角魏日青是革命者,他的日常生活竟是这样:

> 照着老例,起身后我便将十二枚铜元从旧货摊上买来的一册《呐喊》撕下三面到露台上去大便。

这段描述让鲁迅耿耿于怀,创造社同人的骂,通常都是这种腔调,口不择言,张嘴就来。为什么不能花十二枚铜元去买一刀好草纸,用铅印的《呐喊》作为代用品,虽然羞辱了鲁迅,难道就不怕委屈了屁眼,引得痔疮复发? 对这种轻薄的闹着玩儿,只能生气,绝对不能当真,鲁迅是文弱的江南书生,不是骁勇好战的北方好汉萧军,一生气,便要约化名狄克的张春桥出来打架。识时务者为俊杰,鲁迅知道与文人作战只能用笔,若上法庭打官司,只和章士钊去打,他是教育总长,是官场上的人,打起官司来有法可依,和无聊文人决不对簿公堂。陈源曾说鲁迅的《中国小说史略》是对日本盐谷温教授《支那文学概论讲话》"整大本的剽窃",男盗女娼乃人间最大耻事,鲁迅为此恨得咬牙切齿,但是他明白最好的办法还是让读者自己去辨别。此外,打笔仗有时候就如妇人街头吵架,谁伶牙俐齿谁更占便宜,谁精通骂人艺术谁占上风,是鲁迅对手的人还真不多,陈源其实被骂得够呛。

孙中山逝世数年后,在新都南京举行奉安大典,小报上登出一副对联,是章太炎的挽词:

举国尽苏俄,赤化不如陈独秀;

满朝皆义子,碧云应继魏忠贤。

最初看到这副对联,在补白大王郑逸梅的一本书上。郑喜欢文坛掌故,记录的一些文字很有趣,错误也多。后来又在钱基博老先生的《现代中国文学史》上见到,这一回是真相信,因为钱家的人做学问,讲究有来历,道听途说不会录用。然而后来经专家考证,证实这副对联确是假的,是无聊文人的假托。对于这种名誉权的侵犯,章太炎显然也对打官司没兴趣,不愿意和无聊文人上法庭,他只是在报纸上发表一纸声明,希望此后"大小报纸欲登录鄙人挽联诗句者,必须以墨迹摄影,使真伪可辨"。这声明有些模棱两可,他列举了三副假的挽联,分别为挽宋子文之母,挽谭延闿,挽杨铨,恰恰没提到这副影响最大的挽孙中山联。既然挽联是假,故意不提,便很耐人寻味。苍蝇不叮无缝的鸡蛋,众所周知,章太炎对孙中山向来有看法,而章氏子弟对自称国父学生的蒋介石也不恭敬,小报文人有效地利用了这些成见。

作为章氏门人,鲁迅首先就不会为章太炎辩诬,虽然和蒋委员长是同乡,他对国民党没什么好印象。周作人和他哥哥如出一辙,对南京政府始终不热情。奉安大典是往刚得天下的南京国民政府脸上贴金,当时一定有很多人知道章太炎的挽联是假的,但是明知是假,也懒得站出来说话,因为一副假的对联,有时候非常真实地代表了民间的一种情绪。闹着玩儿的文人,常会干一些歪打正着的勾当,和尚打伞,无法无天,既然言论自由,拿国父孙中山开几句玩笑,也没什么大不了,况且醉翁之意不在酒,矛头当然针对着活人而去,嘲笑的只是国民党的新权贵。

百花齐放难免造成泥沙俱下的结果,言论自由让文人有更多骂人的机会,同时又有更多挨骂的荣幸。对付文人的闹着玩儿,最好的办法就是别当真。当然文人也不都是闹着玩儿,文人在闹着玩儿之外,还有许多事可以做。不过,并不是所有的读书人皆有幽默感,鲁迅在黄埔军官学校的演讲词中,曾对文人的处境进行了调侃:

我想：文学文学，是最不中用的，没有力量的人讲的；有实力的人并不开口，就杀人，被压迫的人讲几句话，写几个字，就要被杀；即使幸而不被杀，但天天呐喊，叫苦，鸣不平，而有实力的人仍然压迫，虐待，杀戮，没有办法对付他们，这文学于人们又有什么益处呢？

在自然界里也一样，鹰的捕雀，不声不响的是鹰，吱吱叫喊的是雀；猫的捕鼠，不声不响的是猫，吱吱叫喊的是老鼠；结果，还是只会开口的被不开口的吃掉。

说话要看对象，鲁迅显然不是当着军人的面，才说这番讨好武力的话。研究鲁迅的人，习惯于讲他如何利用文学作为武器进行战斗，却有意和无意地忽视了他对这武器的轻视。文学可以是匕首投枪，毕竟不是真的匕首投枪，类似的观点在鲁迅文章中并非罕见，文人能叫能喊，有时就会忘乎所以，自以为登高一呼，一切问题便迎刃而解。由于历史是文人的笔写出来的，文化人作用被夸大也就在情理之中，譬如总说"五四"学生运动如何了得，但是对于这场运动的直接目的最后是否达到，中国代表最后在巴黎究竟签没签字，并没有多少人去细心琢磨，反正游行也游过了，赵家楼也烧了，学生运动必须充分肯定才对，其他的就可以不闻不问，忽略不计。

辛亥革命推翻大清朝，是因为武昌起义，真枪真刀。袁世凯称帝失败，是因为蔡锷在云南组成护国军讨伐。文人感觉再良好也没什么用,"一首诗吓不走孙传芳,一炮就把孙传芳轰走了",枪杆子里出政权,武力才能最终解决问题,鲁迅似乎是文人中最早明白这个道理的人。

## 4

茅盾评价《倪焕之》,称之为扛鼎之作,这话被后来人当作赞美之词反复引用,成为大学课堂上的流行话语。其实锣鼓听音,说话听声,"扛鼎"是什么意思,作为好朋友,茅盾的这番话当然是捧场,同时也是一个让步句,说明写这么一个东西不容易,不妨想一想扛着鼎有多累,因此犹如说戴着镣铐跳舞,褒贬两层意思都有了。作家之间的互相吹捧,读者一定要细心辨别,因为文人的朋党意识一向很厉害,物以类聚,人以群分,拉帮结派不太好,但是文人都是些有性情的宝贝,有时候还真难免。

很多事情总是想不明白,以沈从文的文风,他似乎不应该特别喜欢徐志摩。徐的文笔花哨,浓得化不开,那股矫情的绅士味道,和乡土气息十足的沈从文对照,怎么看都不像是一路货色,然而他们确实是很好的朋友,徐志摩飞机失事,只有沈从文风尘仆仆赶去现场。人和人之间的交情很难解释。朱东润先生的《张居正大传》出版,《文艺复兴》上曾发表了祖父的一篇书评,据父亲告诉我,这书评是朱先生自己写的,不过是发表时用了祖父的名字。这种事，如果被对手知道，或许会攻击一番，在当时人来说，又是很自然的事情。大家志同道合，借个名有什么关系，鲁迅兄弟有段时间写稿子经常你我不分。

父亲还告诉我另外一件事，说胡风曾有稿子投到祖父主编的一个杂志，是上世纪30年代还是40年代，弄不清楚，反正祖父不太喜欢那篇稿子，执意不肯发。一起的朋友就劝，说胡风脾气大，最好不要招惹，于是就有些弄僵，都是书呆子，都倔强，都不能得罪，终于有人想出两全之策，杂志出一期增刊，专发胡风的这篇文章，结果双方皆有面子。新文学时期，这样的例子大约很多，有时候一些小纠纷化解了，有时候却变得很激烈，引发一场论战。文人之间总有些磕头碰脑，譬如京派和海派，一不小心便打起笔仗，既然开战，免不了意气用事。其实究竟谁是地道的京派和海派，还真说不清楚。我刚读研究生的时候，对现代文学史上文人的吵架颇有兴趣，祖父知道以后，专门写信给我，说别在这种邪门歪道上下功夫，说这些事情很无聊，不值得关注。

徐志摩曾力捧过陈源，说他的英语比英国人还好，这本是句玩笑话。陈源是英国留学生，回国后成为现代评论派的主笔，和《语丝》同人吵得一塌糊涂。凡是喜欢看鲁迅文章的人，都熟悉这件事。但是我觉得骂陈源最损的是刘半农，他逮住陈的英语程度大做文章，说其水平的确比萧伯纳还好，可惜愚昧的英国人孤陋寡闻，不知道天下还有这么一位奇人，而且查遍英文字典，竟然见不到陈源的大名。刘半农有一篇文章骂倒王敬轩的功力,以斗嘴而言,陈源根本不是对手。《语丝》上发表文字的这一帮人,个个都是高手,即使是以儒雅著称的周作人,写起吵架文章来,也丝毫不含糊。

才女凌叔华读大学时,曾给周作人写了封很热情的信,说她已打定主意要做一名作家,要为自己中英日三种文字找一位导师,而在她所知道的老师中,除了周作人,别人似乎都没有这样的资格。女弟子进步成为情人,成为后妻,是常有的事情,不能说周作人也有这种非分之想,但是他以对方颇有才华为由,一口答应了下来。接着便是信的来来往往,在周作人的关照下,凌叔华的一篇小说由《晨报副镌》发表了,以后文名渐渐为世上所知,再以后,凌叔华和陈源成为夫妻。《语丝》和《现代评论》为女师大风波大打笔墨官司,吵到最后,话越说越难听,凌叔华于是写信给周作人,希望不要把她给拉扯在里面,周作人的回信有些暧昧,更有些酸溜溜:

> 我写文章一向很注意,决不涉及这些,但是别人的文章我就不好负责,因为我不是全权的编辑,许多《语丝》同人的文字我是不便加以增减的。

周作人说的“这些”是什么,细心的读者无疑会动脑筋去乱想。按说《语丝》和《现代评论》都是京派,都是京派也会吵。

看文人吵架有时候不失为一种享受,因为只有在吵架的时候,人才最有智慧,同时也最幼稚可笑。创造社一帮人从日本回来,第一件事便是惹是生非,当时国内能直接看外文的人不多,创造社以浪漫派著称,自己的译稿浪漫得离谱,让人不忍卒读,但是他们回国最初的引人注目,是在翻译上指责张三李四,到处挑别人的错。为此茅盾和胡适都很愤怒,茅盾以笔名"损"发表了一篇文章,说创造社同人起码应该稍为谦虚一点,不能自说自话地就认为他们"可与世界不朽作品比肩",而胡适也写了篇《骂人》质疑,说"译书有错,算不得大罪,而达夫骂人为粪蛆,则未免罚浮于罪"。在文人相争方面,早年的创造社孩子气十足,很轻易地出手了,谁有名就和谁过不去,目的很简单,是想闹点事,想有点新闻效应,他们的矛头直指当时在上海风头正健的文学研究会,直指在北京的以大学为基地的胡适集团。先惹是生非的是创造社,主动求和的也是他们,与茅盾大打笔战的一个月后,郭沫若和郁达夫借口《女神》出版一周年,主动找上门去,邀请文学研究会同人参加他们的庆祝活动。这样的活动有一个堂皇的理由,是为了"消除新文学团体间的隔阂,增强彼此间的团结",结果茅盾和郑振铎等如约到会,地点是一品香旅社,说些什么不清楚,反正一团和气,前嫌尽释,大家摄影留念。差不多同一时期,郭沫若又在美丽川宴请胡适和徐志摩,气氛更为融洽,"饮者皆醉,适之说诚恳话,沫若遽抱而吻之"。

性情中的文人闹着玩儿,回想起来颇有趣。写《啼笑因缘》的张恨水，曾得到过茅盾一次随意的夸奖，大约是说文字不错，他因此十分感激，不止一次在文章中提到此事。或许名列旧派小说的缘故，张恨水总是戴着一顶通俗言情的破帽子，这一派的小说，虽然获得了读者，却坚决不被新文学阵营看好，不仅不看好，动不动还要遭一顿臭骂。写旧派小说的人吵架方面永远是外行，新文学阵营有一致对外的传统，不像旧派文人，天生的一盘散沙，不求进取自甘没落，老处于被动挨打的地位。张恨水对茅盾的感激充满自卑心理，文人有时候就这么贱，被骂惯了，突然给个好脸，反而终身感激。新文学天生了一种霸气，差不多每个社团都有位能吵架的理论家，譬如文学研究会的茅盾，譬如创造社的成仿吾，譬如太阳社的阿英，譬如现代评论派的陈源，在文人相争中，他们仿佛是足球队的守门员，顽强地镇守着自家球队的大门。

在新旧两派的交手中，新派文人大都占着上风，新文学阵营人多势众，一出手就是群殴场面。新永远代表未来，代表出路，谁拦着便是找不自在，因此势单力薄的旧派人物惹不起，只能躲，打不还手骂不还口。因此，现代文学上最精彩的一页不是新旧之争，而是新派之间自己的争斗。文人闹着玩儿最大的特点就是自己跟自己吵，不同团体之间相互唇枪舌剑，你死我活，同一团体的成员动不动也翻脸，从此成为路人，像田汉，本来应该成为创造社最得力的一员大将，因为另一员大将成仿吾的一篇批评文章，从此不和创造社来往。前期的创造社，后期的太阳社，再后期以胡风为首的七月派,都是善于战斗的文学团体,而其中最容易闹内讧的是创造社一帮人,早期创造社的几员大将,相互之间都曾经恶毒攻击过。

鲁迅把创造社称为"新才子派",这一派人物刚出现,其行径多少有些流氓气,把出版社的译书找出来挑错,骂得狗血喷头,故意弄出很大动静,使舆论哗然,结果出版社老板出于商业上的考虑,因为翻译图书总有利可图,索性出创造社成员的译书,不仅出书,附带着连个人的作品集一起出,这样一来,嘴也就被堵住了。从表面上看,创造社大获全胜,然而正如鲁迅分析的那样:

> "新上海"终究是敌不过"老上海"的,创造社员在凯歌声中,终于觉到了自己就在做自己的出版者的商品,种种努力,在老板看来,就等于眼镜铺大玻璃窗里纸人的睐眼,不过是"以广招徕"。待到希图努力出版的时候,老板就给吃了一场官司,虽然也终于独立,说是一切书籍,大加改订,另行印刷,从新开张了,然而旧老板却还是永远用了旧版子,只是印,卖,而且年年是什么纪念的大廉价。

把创造社成员倾向革命的原因,说成是因为玩不过"老上海",未免刻薄了一些,但是真不能说鲁迅这话不对。1922年,郁达夫回国,与郭沫若同住在上海四马路泰东图书局门市部,一天,两人得知《创造》第一期经过一年多的时间,只卖了一千五百部,觉得"国内的文艺界就和沙漠一样",不由得"哀感"起来,结果"连吃了三家酒店",大醉而归。这是创业时期的艰苦,情调颇浪漫,渐渐情形好转,终于有了影响,特别是获得青年读者的青睐,成为书商的目标,成为报刊上的红人,但是,一旦这些书呆子真试图和资本主义较量,和老上海玩,想多获得一些利润,便输得一塌糊涂,血本无归。

5

1935年6月,日本领事抗议《新生》周刊上一篇名为《闲话皇帝》的文章,刊物因此被查禁,作者杜重远被判处徒刑。对于文人来说,这是一件很严重的事件,在此之前,有左联五烈士的遇难,在此之后,有李公朴和闻一多的被刺,然而这些牺牲并不是因为他们的文字。北洋军阀时期,文人中确有写文章被杀头的,譬如林白水和邵飘萍,这种杀戮对文人也没有太大的威慑。国民党政权早在1927年就已经建立,它的稳定却是逐步形成,对言论自由的控制,是一个逐渐加深的过程。《闲话皇帝》事件的严重性在于,它第一次以法律为准绳对付文人,文章再也不仅仅是被查禁,而是弄不好真的要吃官司。官方审查机构的作用逐渐凸现出来,文人的言论开始受到限制。限制言论自由是国民党想做而始终没有做好的事情,蒋介石很羡慕希特勒,手下也确实有些法西斯分子,可惜他的文化官僚大都吃干饭,这方面并没有真正做出过

117

什么成效。

　　鲁迅出文集的时候，总是要把那些被审查机关删节的文字补上，而且一定加上说明，让读者明白文化官员们的无聊。在一开始，这些删节显得很可笑，只是在字眼上做文章，有些字不让用，有些影射必须改正。据说当初要求设立图书出版审查制度，也是一些文化人和准文化人自己提出来的，出版社老板考虑到书出版后再查禁，损失太大，不如防患于未然，有些作家是中性的，可是却成了左翼文学附带的受害者，对图书进行查禁时，陈望道的《美术概论》，顾凤城的《中外文学家辞典》，余慕陶的《世界文学史》，李代桃僵，全都遭遇不白之冤，与其没有标准瞎折腾，不如人为地让政府组织一个班子，制定出一个审查标准。

　　结果便是一场闹剧，上世纪 30 年代的查禁书目名单，颇具游戏色彩，鲁迅、茅盾、巴金、郭沫若都有幸入围。不清楚审查委员是些什么人，反正都是亦官亦文人的活宝，吃力不讨好，两边挨人骂。是否经过审查，一度成为不能省略的重要形式，仿佛现在市场上卖猪肉检验蓝色印章，图书也必须印有"中宣会图书杂志审委会审查证"字样才能上市。事实上，这种文化围剿收效甚微，道高一尺，魔高一丈，鲁迅的《二心集》被禁，换个书名，改成《拾零集》照样放在书店里卖。审查委员每天要看许多字数，显然很吃苦，也很卖命，兢兢业业，用鲁迅的话说，他们也有对头，自己在找漏洞，别人在找他们的漏洞，螳螂捕蝉，黄雀在后，谁的日子都不好过。

审查委员会的标准冠冕堂皇，"如非对党对政府绝对显明不利之文字，请其删改外"，其余的"均一秉大公，无丝毫偏袒"。话是这么说，实际操作并不简单。文字要兴大狱，虽然遭殃的是文人，没有文人的帮忙也玩不起来。文人遇上的杀手，往往首先是文化官僚，位于主奴之间的审查委员，既然还有别人在找他们的漏洞，因此最聪明的办法，便是从严发落，有理无理，一概打进冷宫再说。蒋委员长"剿共"，宁可错杀三千，决不放过一个。审查委员们在这方面有过之而无不及，在一开始，只是和苏俄有关要查要删，和共党有关的文字为"反动"，发展到后来，没什么标准可言，连鲁迅与自称不左不右的"第三种人"吵架，也被认为不宜。

《闲话皇帝》让作者坐牢，也让审稿的人跟着倒霉，有七位审查官被革职。这个事件标志着林纾当年反对新文化运动时盼望的"伟丈夫"终于出现，文人的自由时代结束了，从表面上看，这是一场外交事件，实质上却体现了法律的威严，是约束言论自由的合法化。在此之前，对文字的审查更多流于形式，现在却意味着动真格。此后，审查制度由于抗战爆发一度略有松动，但是总的趋势是越来越严，国民党政府做梦都想控制意识形态，因为文人都以站在政府一边为耻。在做思想工作方面，共产党要比国民党在行得多，这就难怪恼羞成怒的蒋介石去了台湾后，会进一步加大查禁的力度，而我们所知道的新文学作品，在很长的时间里差不多全都成了禁书。

# 6

郭沫若在《创造十年》中曾承认,自己不止一次"横陈在藤睡椅上想赤化",这是文人闹着玩儿的一幅漫画。"诅咒黑暗旧世界"这样激烈的词汇,在文人的笔下经常出现,作为时代的捣乱分子,说话越冲的文人越引人注目。

苏雪林对郁达夫有过这么一段批评:

> 他写自身受经济的压迫,尤其可笑,一面口口声声的叫穷;一面又记自己到某酒楼喝酒、某饭馆吃饭、某家打麻雀牌、某妓窠过夜、看电影、听戏,出门一步必坐汽车(上海普通人以人力车代步,汽车惟极富人始乘),常常陪妓女到燕子窠抽鸦片。终日过着花天酒地的生活。一面记收入几百元的稿费,某书局请他去当编辑;一面怨恨社会压迫天才;一面刻画自己种种堕落颓废,下流荒淫的生活;一面却愤世嫉邪,以为全世界都没有一个高尚纯洁的人。

苏雪林是现代文坛上有名的女棍子,什么人都敢骂,鲁迅、沈从文,逮谁说谁。她对郁达夫的批评略显尖刻,但是也的确捅到要害。像创造社成员,差不多人人都成了"革命"作家,他们鼓励读者提刀杀贼,赴汤蹈火,为人类争光明,自己却好像"脸青似鬼,骨瘦如柴的烟客"，躺在那里抽着鸦片，大喊"革命"，大喊"冲呀，杀呀"。鲁迅曾说过，他愿意和郁达夫结交，因为郁是创造社中最没有"创造嘴脸"的人，可见，在鲁迅眼里，空喊革命，郁达夫还不算最不像话。在创造社，最大的棍子是成仿吾，他的文学成就最差，除了能记得他在不停地批判别人之外，没什么可圈可点之处。

作为个案，解剖郭沫若要有趣得多，因为在现代文学中，要说文人闹着玩儿，他的段位最高，游戏的精神也最足。

作为文坛的标志性人物，郭沫若和鲁迅没见过面，他曾非常伤心地表示了这种遗憾，在同时代的中国作家里，的确是一个意外，因为中国文人之间有着太多的饭局，只要一个城市里待着，即使冤家对头，同一张桌子上碰面，这种概率也是难免。度尽劫波兄弟在，相逢一笑泯恩仇，一起吃顿饭是中国人最好的和解办法。鲁迅和郭沫若之间，相互都说过对方很难听的话，一个尖刻，一个恶毒，在内心深处，对对方无好感显然没有疑问。鲁迅逝世后，郭沫若一改昔日作风，对鲁迅的评价不断升级，有时拔高得都有些离谱，以至熟悉其中内幕的人，不能不为郭沫若的吹捧感到肉麻。

文人相轻本属难免之事，譬如美国文坛上的海明威和福克纳，这两位大师就从未谋面，他们之间也互有微词，但是都是冲文章而去，因为文人的好坏，最后还是要靠作品来说话。鲁迅和郭沫若似乎都不屑于评论对方的作品，在鲁迅眼里，郭沫若是才子加流氓,按照传统读书人的观点,才子并不是什么好东西,只是民间故事中识几个字能弄些淫词艳曲的轻薄文人。郭沫若却视鲁迅为封建余孽,他的观点颇有意思,因为资本主义对社会主义是反动,封建社会又是对资本主义的反动,因此鲁迅罪大恶极,是双重的反动,"是一位不得志的 Fascist(法西斯蒂)"。时间过得飞快,十年前,《新青年》上大骂桐城余孽;十年后,当年的斗士自己也成了激进人士眼里的反动分子。文章乃小道,中国文人动不动就从大处着眼,林纾视新派人物为"覆孔孟铲伦常",所以盼望"伟丈夫"徐树铮出来镇压。以郭沫若为首的创造社对鲁迅的围剿,重要理由他是个反动老作家,"对于布鲁乔亚已是一个最良的代言人,对于普罗列塔亚是一个最恶的煽动家",所以《呐喊》之类的小说,只配撕了去揩屁股。

再也找不到比郭沫若更会玩的文人,他能够理直气壮地扮演刁民,大喊"革命已经成功,小民无处吃饭",不仅骂鲁迅,而且敢痛斥蒋总司令。左联时期,郭沫若躲在日本研究甲骨文,发表了一部研究中国古代社会的专著,按照余英时先生的说法,这本书参考了摩尔根的《古代社会》,用"四两拨千斤的巧劲,把王国维的创获挪为己有",结果在学界引起巨大反响。不管怎么说,这本书仍然值得一读,郭沫若在中国古代史方面的研究,终于成为一家之言,他的聪明也是一般文人所不能比拟的。有趣的是,在世界性的红色的上世纪 30 年代,左翼文学运动如火如荼,他竟然游离于这个运动的最边缘。1932年12月,蔡元培与鲁迅等人在上海成立中国民权保障同盟,茅盾的《子夜》和巴金的《家》先后出版,郭沫若却令人沮丧地因为"一时寻呼,由不洁的行为感染了淋病",并过渡给了妻子安娜,安娜的性病一度很严重,郭沫若不得不涎着脸,写信向行医的日本友人求援。

鲁迅死后,郭沫若完全改了口径,他说鲁迅比孔子还伟大,理由是孔子没有"国际间的功勋",盛赞鲁迅是"中国民族近代的一个杰作",是中国近代文艺"真实意义的开山","已经成为我们民族的精神":

> 呜呼鲁迅,鲁迅鲁迅,鲁迅之前,既无鲁迅,鲁迅之后,无数鲁迅,呜呼鲁迅,鲁迅鲁迅!

鲁迅先生地下有知,会对这种吹捧很生气,用郭沫若的原话就是"鲁迅是会蹙额的"。天知道郭沫若说了多少好话,只要是个日子,一定不放弃这种表扬。他属于那种勇于信口开河的人,想到什么说什么。纪念鲁迅成了中国文人一项隆重的政治活动,遇上忌日,必有一番热闹。在鲁迅逝世四周年纪念大会上,已经回国的郭沫若说:

> 鲁迅生前骂了我一辈子,但可惜他已经死了。再也得不到他那样深切的关心。死后我却要恭维他一辈子,但可惜我已经有年纪了,不能够恭维得尽致。

上世纪40年代是郭沫若大放异彩的年代,流氓加才子没人提了,大革命失败后很长时间脱离共党也被大家淡忘,他的五十寿辰成为文坛上的大事。周恩来在《新华日报》的头版上发表文章,称鲁迅为新文化运动的先驱,而郭沫若则是主将;鲁迅是开路先锋,郭沫若是带着大家一起前进的向导。如此高度评价,是存心想奠定郭在文坛上的领袖地位。鲁迅曾对瞿秋白说过"人生得一知己足矣",郭沫若觉得这话很适合表达"我和恩来同志的关系"。瞿秋白是共党内的失意人士,这个比较并不恰当,郭沫若显然很会和中共领导人打交道,重庆谈判期间,有一次他看到毛泽东用的是个旧怀表,立刻把自己的手表摘下来送给毛,毛珍惜这份友谊,据说生前一直都戴着它。

由于战时生活单调,郭沫若的戏剧成为当时最重要的娱乐,有一次,他主动争取扮演《棠棣之花》中的死尸,一动不动地在台上躺了半个多小时。郭的会玩充分体现在他善于让自己成为公众人物,善于和各式各样明星似的人物来往,他很擅长扮演名流的角色。1948年2月10日,郭沫若突然气势汹汹地写了一篇檄文《斥反动文艺》,痛骂沈从文、朱光潜、萧乾,用词之激烈,与当年谩骂鲁迅相比,更加气势汹汹。两天以后,他又写了一篇文章,大骂胡适,并预言"胜利必属人民,今日已成定局,为期当不出两年"。在同一天的春节联欢晚会上,他公开号召知识分子要甘心做"牛尾巴",率领大家痛饮"牛尾酒"。有人把沈从文的自杀说成是被郭痛骂的结果,这结论过于简单,然而说造成了巨大恐惧,

124

应该没什么问题。这时候，文人之间的闹着玩儿已经很不好玩。一年以后，解放军如郭所预料的那样进入北平，在回答《新民报》记者的提问时，沈从文结结巴巴地说：

> 我觉得郭先生的话不无感情用事的地方，但我对郭先生工作认为是对的，是正确的，我的心很钦佩。

这是典型的口服心不服，口是心非，要说挨骂，沈从文并不是第一回，但是这次他真的害怕了。1949年的春天，许多文人来到北平，准备为新政府工作，这些人中有许多是沈从文的好友，他们去拜访沈从文，发现他完全变了一个人，神情恍惚，心不在焉，全无老友相逢的激动。

## 7

文人之间闹着玩儿，奇文共赏，疑义相析。文人不争就不是文人，但是一定要辨别是非，区分正邪，争出胜负，希望"伟丈夫"出来解决问题，结果就可能是坏事。有理不在声高，有话好好说，文人玩政治，玩到临了，被玩弄的恰恰是自己，魔瓶的木塞往往由文人亲手打开。上世纪30年代的苏联大清洗，审判一批苏军统帅，作家协会迅速做出反应，征集签名拥护死刑，作家帕斯捷尔纳克拒绝签名，当时有很多人努力做他的思想工作，包括作协领导和他的夫人，按照一般理解，这种行为的严重性，即使不掉脑袋，起码也要判个十年八年，但是帕斯捷尔纳克却安然活到了斯大林去世，于是有人因此认为，斯大林对文人的态度，要比对军人更慎重。

爱伦堡在谈到这一奇迹时，曾说帕斯捷尔纳克的幸存，与百依百顺的作家科利佐夫被处决一样，本身并没有什么逻辑，换句话说，游戏规则一旦打乱，当权者怎么做都行，怎么做都对。百无一用是书生，文人过分抬高自己不是好事。1957年，我的父亲和一些朋友响应组织号召，打算办同人刊物，曾向文坛前辈巴金征求意见，巴金示意不要弄，父亲觉得他胆子太小，已经落伍，不听劝，结果不明不白就成了右派。父亲和方之为此抱头痛哭，而心中最大的委屈，是不知道自己错在哪里。文人闹着玩儿最大悲剧莫过于此，只知道是错了，错在哪里，不知道，这里面竟然没有逻辑。

1976年5月反击右倾翻案，邓小平再次下台，同年10月粉碎"四人帮"，极左势力走到尽头，郭沫若分别填写了《水调歌头》，以示热烈祝贺。我对古典诗词没有研究，听一位熟悉他为人的前辈说，以郭的旧学修养，还可以写得稍好一些。这是一句很精彩的玩笑话，充分体现了老派文人的机智。郭沫若是现代文人中最大的玩主，我忘不了那个前辈的不屑表情，在这个直截了当的表情中，蕴藏着巨大的潜台词。

王小波曾说过，知识分子能做两件事，是创造或者不让别人创造精神财富。文人相争,闹着玩玩儿,本来是为了更有利于精神财富出现,结果却走向它的反面。

2000 年 5 月 16 日于河西碧树园

# 郴江幸自绕郴山

　　林斤澜是父亲的挚友,他不止一次对我说过,江苏作家和浙江作家相比,现代是浙江强,当代是江苏强。现代是祖父那一辈,当代是父亲这一辈。现代作家中,浙江有鲁迅,有茅盾,有郁达夫,有艾青,都是高山仰止的顶级人物,自然无法比拟。到当代作家这一拨,按照林斤澜的看法,江苏有高晓声,有方之,有陆文夫,还有汪曾祺,情况完全不一样。

　　对新时期最初几年的文学,我始终有些隔膜。作为一名中文系大学生,你没有办法不感觉它活生生的存在,而且一段时间,江苏以及全国的文学精英都在眼前转悠,这些人是父亲的好朋友,在我成为作家之前,父辈的名作家见了不计其数。我常常听父辈煮酒论英雄,在微醺状态下指点文坛,许多话私下说着玩玩儿,上不了台面。我记得方之生前就喜欢挑全国奖小说得主的刺儿,口无遮拦,还骂娘。最极端并且留下最深印象的,是高晓声神秘兮

128

兮告诉我,汪曾祺曾向他表示,当代作家中最厉害的就数他们两个。天下英雄,使君与操,余子谁堪共酒杯。我一直疑心原话不是这样,以汪曾祺的学养,会用更含蓄的话,而且汪曾祺骨子里是个狂生,天下第一的名分,未必肯让别人分享。

提起上世纪 80 年代初期文学,不提高晓声和汪曾祺这两位不行,他们代表着两种重要的文学现象。80 年代中期,有一次秋宴吃螃蟹,我们全家三口,高晓声与前妻带着儿子,林斤澜夫妇,加上汪曾祺和章品镇,正好一桌。老友相会,其乐融融,都知道汪曾祺能写善画,文房四宝早准备好了,汪曾祺的年龄最高,兴致也最高,一边吃一边喝彩,说螃蟹很好非常好,酒酣便挥袖画螃蟹,在众人的喝彩声中,他越画越忘形。然后大家签名,推来推去挨个签,最后一个是高晓声的儿子,那时候,他还在上中学,第一次遇到这种场面,有些怯场,高晓声低声对儿子说,写好写坏不要紧,字写大一些,用手势比画应该多大,并告诉他具体签什么位置上。高晓声的儿子还是紧张,而且毛笔也太难控制,那字的尺寸就大大缩了水,签的名比谁的字都小,高晓声因此勃然大怒,取了一支大号的斗笔,蘸满墨,在已经完成的画上扫了一笔。

大家都很吃惊,好端端一幅画活生生糟蹋了,记得我母亲当时很生气,说老高你怎么可以这样无礼。汪曾祺也有些扫兴,脸上毫无表情。事后,林斤澜夫妇百思不解,问我为什么会这样。我说可能是高晓声对儿子的期望值太高了,他忍受不了儿子的示弱。按说在场的人,朋友一辈的年龄都比高晓声大,只有我和他儿子两个小辈,高晓声实在没必要这么心高气傲,再说签名也可以裁去,何至于如此大煞风景。

第一次见到高晓声,是考上大学那年,他突然出现在我家。高晓声和父亲是老朋友,与方之、陆文夫都是难兄难弟,1957年因为"探求者"被打成右派,一晃二十年没见过面。乡音未改,鬓毛已衰,土得让人没法形容,农民什么样子,他就是什么样子,而且是70年代的农民形象。那时候右派还没有平反,已粉碎了"四人帮",刚开完三中全会,右派们一个个蠢蠢欲动,开始翘起狐狸尾巴。这是个日新月异的时代,高晓声形迹可疑转悠一圈,人便没有踪影,很快又出现,已拿着两篇手稿,是《李顺大造屋》和《漏斗户主》。

高晓声开始给人的印象并不心高气傲,他很虚心,虚心请老朋友指教,也请小辈提意见。我们当时正在忙一本民间刊物《人间》,对他的小说没太大兴趣。最叫好的是父亲,读了十分激动,津津乐道,说自己去《雨花》当副主编,手头有《李顺大造屋》和方之的《南丰二苗》,就跟揣了两颗手榴弹上战场一样。《李顺大造屋》打响了,获得全国优秀短篇小说奖,这是后话。我记得陆文夫看手稿,说小说很好,不过有些啰唆。话是在吃饭桌上说的,大家手里还端着酒杯,高晓声追着问什么地方啰唆了,陆文夫也不客气,让我拿笔拿稿子来,就在手稿中间删了一段,高晓声当时脸上有些挂不住。我印象中,文章发表时,那一段确实是删了。

80年代初期的文学热，和现在不一样，不谈发行量，不谈钱。印象中，一些很糟糕的小说，大家都在谈论，满世界都是"伤痕"，都是"问题"，作家一个个像诉苦申冤的弃妇。主题大同小异，不是公子落难，就是才子见弃，幸好有"帮夫"的红颜知己出来相助，以身相许，然后选个悲剧结局悄然引退。公式化概念化的痕迹随处可见，文学成了发泄个人情感的公器，而且还是终南捷径，一篇小说只要得全国奖，户口问题、工作问题包括爱情问题，立马都能解决。当时有个特殊现象，无名作家的作品一旦被《小说月报》转载，就会轰动。我认识一位老翻译家，五十岁出头，译过许多世界名著，国外邀请他讲学，介绍中国当代文学。偏偏他对当代创作一点不了解，那年头出国不容易，可怜他搞了一辈子外国文学，还没有迈出过国门一步，便随手揣一摞《小说月报》匆匆上飞机。这些《小说月报》还是我堂哥三午送的，并不全，逮着一本算一本。

高晓声显然也是沾了文学热的光，他回忆成功经验，认为自己抓住了农民最关心的问题。对于农民来说，重要的只有两件事，一是有地方住，一是能吃饱，所以他最初的两篇小说，《李顺大造屋》是盖房子，《漏斗户主》是讲一个人永远也吃不饱。一段时间内，高晓声很乐意成为农民的代言人，记得他不止一次感慨，说我们家那台二十英寸的日立彩电，相当于农民盖三间房子。父亲并不知道农村盖房子究竟要多少钱，不过当时一台彩电的价格，差不多是一个普通工人的十年工资，因此也有些惶恐，怀疑自己过日子是否太奢侈。高晓声经常来蹭饭，高谈阔论，我们家保姆总在背后抱怨，嫌他不干净，嫌他把烟灰弹得到处都是。一来就要喝酒，一喝酒就要添菜，我常常提着饭夹去馆子炒菜，去小店买烟买酒。高晓声很快红了，红得发紫，红得保姆也不相信，一个如此灰头土脸的人，怎么突然成了人物。

高晓声提起农民的生存状态就有些生气，觉得国家对不起农民。他自己做报告的时候，农民的苦难是重要话题。也许是从近处观察的缘故，我在一开始就注意到，高晓声反复提到农民的时候，并不愿意别人把他当作农民。他可能会自称农民作家，但是，我可以肯定，他并不真心喜欢别人称他为农民作家。农民代言人自有代言人的拖累，有一次，在常州的一家宾馆，晚上突然冒出来一个青年，愣头愣脑地非要和高晓声谈文学。高晓声刚喝过酒，满脸通红，头脑却还清醒，说你不要逼我好不好，我今天有朋友在，是大老远从外地来的，有什么话以后再说行不行。那青年顿时生气了，说你看不起我们农民，你还口口声声说自己是农民，你现在根本不是农民了。高晓声像哄小孩一样哄他，甚至上前搂他，想安慰他，但是那年轻人很愤怒，甩手而去。高晓声为此感到很失落，他对在一旁感到吃惊的我叹了口恶气，说了一句很不好听的话。我知道对有些人，高晓声一直保持着克制态度，他不想伤害他们，但是心里明白，在广大的农村，很有这样一些人，把文学当作改变境遇的跳板，他们以高的成功为样板，为追求目标，谈到文学,不是热爱,而是要利用。我知道高晓声内心深处,根本就不喜欢这些人。

这样的人,当然不仅农村才有,也不仅过去才有。仔细琢磨高晓声的小说,不难发现,他作品中为农民说的话,远不如说农民的坏话更多。农民的代言人开始拆自己的台,从陈奂生开始,农民成了讥笑对象。当然,这农民是打了引号的,因为农民其实就是人民,就是我们自己。中国知识阶级总处于尴尬之中,在对待农民的态度上,嘴上说与实际做,明显两种不同的思维定式。换句话说,我们始终态度暧昧,一方面,农民被充分理想化了,对缺点视而不见,农民的淳朴被当作讴歌对象;另一方面,又把农民魔鬼化了,谁也不愿意去当农民。结果人生所做一切努力,好像都是为了实现不再做农民这个理想,甚至为农民说话,也难免项庄舞剑,意在沛公。

父亲一直遗憾没有以最快速度,将汪曾祺的《异秉》发表在《雨花》上。记得当时不断听到父亲和高晓声议论,说这篇小说写得如何好。未能及时发表的原因很复杂,结果汪曾祺另一篇小说《受戒》在《北京文学》上抢了先手。从写作时间看,《异秉》在前,《受戒》在后。以发表而论,《受戒》在前,《异秉》在后。

汪曾祺后来的大受欢迎,和伤痕文学、问题小说倒胃口有关。当时,除了汪曾祺的《异秉》,还有北岛的《旋律》,这篇小说是我交给父亲的,他看了觉得不错,也想发表在《雨花》杂志上。根据行情,这些小说并不适合作为重点推出。大家更习惯所谓思想性,编刊物的人已感到需要新鲜的东西来冲击一下,但是这仍然需要时间。对上世纪80年代初期文学有兴趣的人,不妨去翻翻当时的刊物目录。那时候,汪曾祺的小说,包括林斤澜的小说,显然不适合做头条文章。这两个人后来都获得全国短篇小说奖,只要看获奖名单的排名,就知道不过是个陪衬。我记得有人说过,汪曾祺和林斤澜只是副榜,有名气的作家早拿过好几次了,既然大家私下里叫好,就让他们也轮到一次。

和高晓声迅速走红不同,汪曾祺的小说有个明显的慢热过程。高晓声连续获得两届全国奖,而且排名很靠前,一举成名天下知。汪曾祺却是先折服了作家同行,在圈子里获得越来越多的认同叫好,然后稳扎稳打,逐渐大红大紫。客观地说,在80年代初期,高晓声名气大,到80年代中后期,汪曾祺声望高。这两个人在80年代不期相遇,难免棋逢对手,英雄相惜。高晓声一度对汪曾祺的评价极高,但是我印象中,绝对是汪曾祺成名之前,有一次他甚至对我说,汪曾祺的小说代表了国际水平。正是因为他强烈推荐,《异秉》还是在手稿期间,我就看了好几遍。

高晓声一直得意《陈奂生转业》中的一个细节,小说中县委书记问寒问暖,把自己的帽子送给了陈奂生,说帽子太大,他戴着把眼睛都遮住了。这顶帽子显然有乌纱帽的意思,县太爷戴着嫌大,放在农民的头上却正好。熟悉高晓声的都知道,他有"阴世的秀才"之美称,是个促狭鬼。"陈奂生"是高晓声笔下的一个重要人物,出现在多篇小说中,要比李顺大更有血有肉,而"帽子"恰恰是塑造这个人物的重要道具。在一开始,陈奂生有顶帽子叫"漏斗户主",这是他的绰号,然后日子好起来,手里有了些闲钱,便想进城买顶"帽子",因此演绎了"进城"故事,再获全国小说奖的荣誉,然后不安分地"转业",竟然要做生意了,莽莽撞撞走县委书记的门路,居然堂而皇之地戴上了县太爷的"帽子"。高晓声经常在这种小聪明上下功夫,也就是说经常嵌些小骨头。我觉得汪曾祺对高晓声的赞许,也在这一点上,他说高晓声有时候喜欢用方言,自说自话,不管别人懂不懂,不管别人能不能看下去。汪曾祺的意思是他反正明白,知道高晓声的小说中藏有骨头,那骨头就是所谓促狭。

曾经有两次,和汪曾祺谈得好好的,突然就中止了。我一直引以为憾,后悔自己没有找机会,把没说完的话进一步谈透。一次是上世纪 90 年代,父亲已经过世,他来南京开会,在夫子庙状元楼的电梯里,很认真地对我说:"你父亲的散文,我都看了,很干净,没有一个多余的字……"因为是会议开幕前夕,他刚说完,电梯已到达,门外有人在招呼我们。汪曾祺意犹未尽,被一个小姐带走了。我很遗憾话刚开始就中断,匆匆开始,又匆匆结束。我知道后面还有话要说,他的表情很严肃,并不像一般的敷衍。作为长辈,他很可能要借父亲那本薄薄的散文集,说些什么。也许他觉得父亲不应该写那么少,也许他觉得我写得太多了,总之,提到父亲的时候,他眼睛里充满了一种悲哀。

还有一次是80年代的扬州街头,当时父亲也在场,还有上海的黄裳先生,我们一起吃早餐,站在一家小铺子前等候三丁包子。别人都坐了下来,只有我和汪曾祺站在热气腾腾的蒸笼屉子前等候。我突然谈起了自己对他小说的看法,说别人都说他的小说像沈从文,可是我读着,更能读出废名小说的味道。他听了我的话,颇有些吃惊,含糊其词地哼了一声,然后就沉默了,脸上明显有些不高兴。我当时年轻气盛,刚走出大学校门,虽然意识到他不高兴了,仍然具体地比较着废名和沈从文的异同,说沈从文的句式像《水经注》,而废名却有些像明朝的竟陵派,然后提贼追赃,进一步地说出汪曾祺如何像废名。蒸笼屉子里的三丁包子迟迟不出来,我口无遮拦地继续说着,说着说着,汪曾祺终于开口了:"你说得也有一定道理,然而……"他显然已想好该怎么对我说,偏偏这时候,三丁包子蒸好了,他刚要长篇大论,我们交牌子的交牌子,拿三丁包的拿三丁包,话题就此再也没有继续。

我自己也成为作家以后,才知道汪曾祺当时为什么不高兴。一个作家未必愿意别人说他像谁,像并不是个好的赞美词,作家永远独一无二的好。汪曾祺喜欢说他与沈从文的关系,西南联大时期,汪曾祺是沈从文的学生,在写作上曾接受过指导。80年代也是沈从文热兴起的时候,沈门嫡传是一块金字招牌,汪曾祺心气很高,显然不屑于以此作为自己的包装材料。平心而论,汪曾祺小说中努力想摆脱的,恰恰是老师沈从文的某种影响。在语言上,汪曾祺显得更精致,更峭拔,更险峻,更喜欢使才,这种趋向毫无疑问地接近了废名。"为人性僻耽佳句,语不惊人死不休",鲁迅先生谈起废名时,曾说他有一种"着意低徊,顾影自怜"的情结,汪曾祺也提到过废名的这种自恋,而且是以一种批评态度。废名的名声远不及沈从文,汪曾祺谈到一些文学现象,为了让读者更容易明白,在习惯上,提到更多的还是沈从文,因为从熟悉程度上来看,毕竟和自己的老师更近一点。事实上,说他像沈从文,他听了都不一定高兴,说他像不如沈从文的废名,当然更不高兴。

高晓声成名后,闹过很多笑话,譬如用小车去买煤球,结果撞了一个老太太。他赔了几十元钱,为此很有些怨言,我笑他自找,煤和霉同音,在80年代初,很大的官才有小车坐,如此奢侈,报应也在情理之中。那时候,北岛在《新观察》做编辑,有一次来南京找高晓声组稿,用开玩笑的口气问我,听说高晓声写了一篇海明威似的小说,是不是真有其事。我告诉北岛,高晓声不止写了一篇这样的小说,而是断断续续写了一批,这就是《鱼钓》《山中》《钱包》,以及后来的《飞磨》,所谓"海明威似的"说法并不准确,应该说是带一些现代派意味。

高晓声一度很喜欢与我聊天,觉得我最能懂他的话,最能明白他的思想,而且愿意听他唠叨。1984年初,江南下了一场罕见

137

的大雪,我们去了江阴,躲在一家宾馆里,足足地聊了两天两夜。电网遭到破坏,结果我们用掉了许多红蜡烛。秉烛夜谈的情景让人难忘,那时候,已经五十好几的高晓声正陷入一场意外的爱情之中,谈到忘形之际,竟然很矫情地对我说,现在他最喜欢两个研究生,一个是我,另一个当然是与爱情有关了。那是我印象中,高晓声心态最年轻的时候。

忘不了的一个话题,是高晓声一直认为自己即使不写小说,仍然会非常出色。毫无疑问,高晓声是个绝顶聪明的人,如果认真研究他的小说,不难发现埋藏在小说中的智慧。机会属于有准备的人,从1957年打成右派,到二十年后复出文坛,他从来没有放弃努力。在"探求者"诸人中,高晓声的学历最高,字也写得最好。他曾在上海的某个大学学过经济,对生物情有独钟,虽然历经艰辛,自信心从来没有打过折扣。落难期间,他研制过"九二〇",并且大获成功,这玩意儿究竟是农药,还是生物化肥,我至今仍然不明白。高晓声培育过黑木耳和白木耳,据说有很多独到之处,经他指导的几个人后来都发了大财。

我不知道高晓声有没有对别人表达过这种观点,那就是文学虽然给他带来了巨大荣誉,可是他一直相信,自己如果不写小说可能会更好。在80年代,随着改革大潮的深入,他似乎看到了更多的发财机会,然而,他的年纪和已经获得的文学功名,已经不允许他再去冒险。很多人的印象中,高晓声只是一个写农民的乡土

138

作家,是个土老帽儿,可是大家并不知道,他身上充分集中了苏南人的精明,正是利用这种精明,他轻易敲开了文坛紧闭的大门。关于高晓声的成功秘诀,总能听到两个简单化的推论,这就是被打成了右派,是苦难成全了他;另外,他熟悉农民,因为熟悉,所以就能写好。

很显然,高晓声不会真心赞同这种简单观点。某种特定的场合,他或许会这么说,然而只是权宜之计,是蒙那些玩文学评论的书呆子,他知道这绝不是事情的真相。同时具备两个条件的大有人在,为什么偏偏高晓声出人头地。写作作为一种专业,自然应该有它的独特性。首先,是写作这种最具体的劳动行为,让作家成为作家。作家如果不写,就什么都不是,千万不要避重就轻,颠倒黑白。在被打成右派以前,高晓声就已经是个作家了,因此真实的答案,是1957年反右剥夺了一个作家的写作权利,不只是剥夺了高晓声,而且凋零了后来那一大批“重放的鲜花”。事实上,新时期文学的初级阶段,真正活跃在文坛上的,还是那些“文革”后期的笔杆子,这些人中既有初出茅庐的新手,也有重现江湖的旧人。时过境迁,那些充满时代痕迹的文字,都是很好的文学史料,譬如方之,早在70年代初期,就孜孜不倦地写过一部关于赤脚医生的小说《神草》。

把写作形容为一种手艺,似乎有些不大恭敬,然而又不得不让人感到尴尬,它确实是真相的一部分。通常认为粉碎“四人帮”

前后的小说泾渭分明,是完全不同质的文学现象,却很少去注意它们的一脉相承。其实"文革"腔调并不是一刀就能斩断,在前期那些伤痕文学、问题小说中,"文革"遗韵历历可数,随处能见。高晓声的精明之处,在于他一眼就看透了把戏。换句话说,在一开始,文学并不是什么文学,或者不仅仅是文学。文学轰动往往是因为附加了别的东西,高晓声反复强调自己最关心农民的生存状态,关心农民的房子,关心农民能否吃饱,这种关心建立在一种信念之上,就是文学作为一种工具,可以用来做一些事情。"利用小说进行反党"是"文革"中作家们很重要的一个罪名,"文革"已经结束了,人们仍然相信通过小说,能改变民间的疾苦。

成也萧何,败也萧何。高晓声身上贴着农民作家的标签,俨然是农民利益的代言人,但是他早就在思索究竟什么是文学这个问题。连续两次获得全国优秀短篇小说奖,在当时是非常骄人的成就,面对摄像镜头的采访,在回答为什么要写作的提问时,高晓声嘿嘿笑了两声,带着很浓重的常州腔说:"写小说是很好玩的事。"那时候电视采访还很新鲜,我母亲看了电视,既吃惊,又有些生气,说高晓声怎么可以这么说话。十年以后,王朔提到了"玩文学"这样的字眼,正义人士群起围剿,很多人像我母亲一样吃惊和生气。高晓声可不是个油腔滑调的人,他知道如何面对大众,绝不会用一句并非发自心腑的话来哗众取宠。

恰好我手头还保持着1980年的日记,在12月6日这天,记录了我和高晓声的谈话：

"我后悔一件事，《钱包》《山中》《鱼钓》这三篇没有一篇能得奖。"

"是呵，《陈奂生》影响太大了，"我说，"我看见学校的同学在写评选单的时候，都写它。"

"唉，可惜。"他叹气。

"陈影响比较大。"

"是的，陈是雅俗共赏的，大家都接受。"

"但愿上面（评奖组）会换一下。"

"不会的。"

如果不是记录在案，真不敢相信当时会有这样的文字，而且是小说体。有一点我永远也忘不了，这就是高晓声对自己的这些现代派小说自视甚高，在同年12月14日的日记中，有这么一段记录他的话：

"《山中》是我最花气力的一篇小说，一个字，一段，都不是随便写出来的。"

我告诉他，《山中》以及同类题材三篇反映不好，有人看不懂。

他只是抽烟，临了，捻灭："一句话，我搞艺术，不是搞群众运动。"

…………

"我的作品，要是有个权威出来说话，就好了。"

我说："光权威还不足，有更厉害的。"

"谁？"

"洋鬼子。"

他笑了。

"真的，你不要笑。现在最怕的就是洋鬼子，假如有个外国人站出来，说高晓声的作品如何，再和一个什么时髦的流派不谋而合，于是，你就要轰动了。"

他信服地点点头。

"像把《钱包》翻译出去，就是件好事。"

"对的，外国人他们是识货的。"

"当然，不能光译文，最好是那些精通汉文的文学家，他们对中国社会了解，感受深，感觉也准确。"

"就是呀，要不然，我的语言他们理解不了。"

那段时间，和高晓声之间有很多这样的对话，我只是觉得好玩，随手记了下来。当然有些属于隐私，不便公布。我不过想说明一点，当高晓声被评论界封为农民代言人的时候，身为农民作家的他想得更多的其实是艺术问题。小说艺术有它的自身特点，有它的发展规律，高晓声的绝顶聪明，在于完全明白群众运动会给作家带来好处，而且理所当然享受了这种好处。但是，小说艺术不等于群众运动。在当时，高晓声是不多的几位真正强调艺术的作家之一，他的种种探索，一开始处于被忽视的地位，即使在今天提起的人也不多。我们谈起大陆的现代派运动，往往愿意偷懒，一步到位，从80年代中期开始说起，张口就是新潮小说或者先锋小说。其实早在80年代初期，有思想的作家就蠢蠢欲动，值得指出的是，大陆的现代派最初更热衷的是形式，这集中在那些尚未成名的青年作家身上，中年作家通常不屑这些时髦玩意儿，王蒙小说中有些意识流已难能可贵，像高晓声那样在小说中描写人的普遍处境，极力在内容上下功夫，用北岛的话来说，写出了"海明威式"的小说，简直就是凤毛麟角。

汪曾祺的叫好，充分反映了文坛的一种期待。高晓声动用了"国际水平"这样的大词，说明他在汪曾祺的小说中，看到了自己久已等待的东西。如果说高晓声还在试图寻找艺术，还在琢磨如何做好艺术这道大菜，那么汪曾祺横空出世，很随意地将美味佳肴端到了读者面前。

汪曾祺的小说，很像一场不流血的革命，悄悄地来了，悄悄地有些反响。它不像意识流小说那么时髦，那么张扬，那么自以为是。新时期初期小说中的现代派，更多的是外在，表面上做文章，不加标点符号，冒冒失失来上一大段，然后便宣称已把意识像水的那种感觉写出来了。意识流更像是一场矫情做作的形式革命，根本到达不了文学的心灵深处，在一开始就老掉牙，它的特殊意义，不过是往保守的传统叙述方式中，扔了几颗手榴弹。

如果汪曾祺的小说一下子就火爆起来,结局会完全是另外一种模样。具有逆反心理的年轻人,不会轻易将一个年龄已不小的老作家引以为同志。好在一段时间里,汪曾祺并不属于主流文学,他显然是个另类,是个荡漾着青春气息的老顽童,虽然和年轻人的方式完全不一样,然而在不屑主流这一点上找到了共鸣。文坛非常世故,一方面,它保守,霸道,排斥异己,甚至庸俗;另一方面,它也会见风使舵,随机应变,经常吸收一些新鲜血液,通过招安和改编重塑自己形象。毫无疑问,汪曾祺很快得到了年轻人的喜爱,而且这种喜爱可以用热爱来形容。在80年代中后期,他的声名与日俱增,地位越来越高,远远超过了高晓声。

1986年暮春,我的研究生论文已经做完,百无聊赖。一个偶然契机,为一家出版社去北京组稿,出版社的领导相信,我的特殊身份会比别人更容易得到名家稿件。这颇有些像今天的学生打工,当时并没有任何报酬,只是报销了差旅费。我第一次到北京不住在自己家,因为还有一个研究生同学与我同行,几乎整天骑自行车在外面跑。通过分配在北京的大学本科同学,我们下榻在外交部招待所,所以要提一句,因为它前身是著名的六国饭店,虽然破烂不堪,一个房间住六个人,但当年的豪华气派隐约还在。短短的几天里,收获颇丰,我们走马观花,接连拜见了许多名家,其中就包括汪曾祺。

从六国饭店去拜见汪曾祺,仅仅从字面上看,仿佛在说一个民国年间的古老故事。事实上，当时的商业大潮已如火如荼，北京已开始像个大工地。我们骑着两辆又破又旧的自行车，风尘仆仆到了蒲黄榆路，见了汪曾祺以后，称呼什么已记不清，对于父辈的人，我一向伯伯、叔叔乱叫。事先林斤澜已打过招呼，汪曾祺知道我们要去，因此没有任何意外，只是问我们从哪里来，怎么来的，问父亲的情况，问祖父的情况。我们冒冒失失地组稿，胡乱约稿，长篇、短篇、散文，什么都要。汪曾祺笑着说他写不了长篇，然后就闲扯起来。

那一年我已经快三十岁，做过四年工人，读了七年大学，当过一年大学教师，社会经验严重不足。我只是一个业余的编辑，初出茅庐，对文坛充满好奇心。汪曾祺住在一套很普通的房子里，不大，简陋，记忆最深的是卫生间，没有热水器，只有一个土制的吸热式淋浴器，这玩意儿现在根本见不到。很难想象自己心目中的一个优秀作家，就生活在这样的一个环境里，房子仍然还有几成新，说明在这之前的居住环境可能更糟糕。我记得林斤澜几次说过，汪曾祺为人很有名士气，名士气的另一种说法，就是不随和。我伯父也谈过对汪曾祺的印象，说他这人有些让人捉摸不透，某些应该敷衍应酬的场合，坚决不敷衍应酬，关键的时候会一声不吭。说老实话，我的这位伯父也不是个随和的人，他眼里的汪曾祺竟然这样，很能说明问题。

在父辈作家中，汪曾祺是最有仙气的一个人。他才华出众，很少能有与之匹敌的对手。父亲在同龄人中也算出类拔萃,但是因为比汪曾祺小六岁,文化积累就完全不一样。虽然都被打成右派,虽然都长期在剧团里从事编剧工作,但汪曾祺的水平要高出许多。很重要的一个原因,是汪曾祺在抗战前,基本完成了中学教育,而父亲刚刚读完小学。童子功不一样,结果也就不一样。和汪曾祺接触过的人,都应该有这样的体会,那就是他确实有本钱做名士。名士通常学不来的,没有才气而冒充名士,充其量也就是领导干部混个博士学位,或者假洋鬼子出国留一趟学。汪曾祺和高晓声有一个共同点,都是大器晚成。苦心修炼而得道,不鸣则已,一鸣惊人。高晓声出山的时候,已经五十岁,汪曾祺更晚,差不多快六十岁。

在我的印象中,并没有见到多少汪曾祺的不随和。只有一次,参观一个水利枢纽展览,一位领导同志亲自主讲,天花乱坠地做起报告来,从头到尾,汪曾祺都没有正眼瞧那人一眼。这给我留下了非常深刻的印象,以后遇到类似的场合,忍不住便想模仿。我们已经习惯忍受毫无内容的报告,习惯了空洞,习惯了大话,习惯了不是人话。仅仅一次亲眼看见已经足够了,窥一斑而知全豹,这正是我在现实生活中所期待的,而在此前,文人的名士气通常只能在书本上见到,我成长的那个年代里,文人总是夹着尾巴做人,清高被看成一个很不好的词,其实文人不清高,还做什么文人?

还有一次是在林斤澜家,父亲去北京,要看望老朋友,一定会有他。那次是林斤澜做东,让我们父子过去喝酒,附带也把汪曾祺喊去了。林和汪的交情非同一般,只有他才能对汪随喊随到。开了一瓶好酒,准备了各色下酒菜,在客厅的大茶几上摆开阵势,我年龄最轻,却最不能喝,汪因此笑我有辱家风。这时候已是1989年的秋天,汪曾祺自己的酒量也不怎么行了,父亲也不能喝,真正豪饮的只有林斤澜。对于父亲来说,我吃不准是不是最后一次与林斤澜、汪曾祺在一起,好像就是,因为自从前一年祖父过世,这是父亲最后一次去北京。这样的聚会实在太值得纪念,记得那天说了许多不久前发生的事情,汪和林都有些激动,有些感叹,也有些愤怒。后来话题才转开,印象中的汪曾祺,不仅有名士气,而且是非分明,感情饱满。

记忆中,更多的是汪曾祺的随和。那一年在扬州,我作为具体办事人,竟然安排他住了一间没有卫生间的房间。这种疏忽如今说起来,真是不应该原谅,应该狠狠地打屁股。让已经高龄的汪半夜三更起来上公共厕所,只有我这种刚出大学门的书呆子才能做出来,事实上,我根本就没想到上厕所的问题。当时完全是为了搞情调,好端端的酒店不去住,却住到了小盘谷公园,这里风景如画,于是便忽视了它的设施太落后。这是我一直感到后悔的一件事,虽然汪曾祺从来没有表示过怨言,而且夸奖我比他年轻时办事能力强,但是我不得不承认自己确实不像话。说起来真惭愧,当时我身上带着一笔公款,因为稀里糊涂,这笔公款竟然几次差点丢掉,一次丢在包租的面包车上,还有一次更悬乎,人都上了去镇江的渡轮,突然想到搁钱的黑皮包还丢在参观的地方。

我的糊涂一定也给汪曾祺留下了印象,到后来,每次出发转移,他都笑着问我,钱是否带着或保管好了。我父亲已是有名的糊涂人,他的公子事实证明更糟糕。那时候,还没有一百元的钞票,也不过是几千块钱,害得我成天丢魂落魄。前后大约有半个月,江南江北访古寻幽,就我一个莽撞的年轻人,冒冒失失地领着几位老先生东奔西跑,这种荒唐今天想起来根本就不可能。除了应该到的名胜之外,我们还去了一些很容易被忽视的地点,在扬州,去隋炀帝陵,在常州,去黄仲则的两当轩,参观一间东倒西歪的旧房子,去赵翼故居,拜谒一个破败的楠木大厅,还去了正在筹备的恽南田故居,汪曾祺在那儿写诗作画,泼墨挥毫,技惊四座。

高晓声和汪曾祺都是我敬重的前辈,是我文学上的引路人。80年代的大多数时间,我在大学里苦读,不断地写些东西,对自己的未来,一直没什么明确目的。是高晓声和汪曾祺这样的作家,活生生地影响了我,让我跃跃欲试,但是也正是他们,让我对是否应该去当作家产生怀疑。按照我的看法,高晓声和汪曾祺能成为优秀作家,都是因为具备了特殊素质,他们都是有异禀的人,高晓声绝顶聪明,汪曾祺才华横溢,而我恰恰在这两方面都严重不足。

我忘不了高晓声告诉的一些小经验,他告诫我写文章,千万不能走气,说废话没有关系,但是不要一路点题,写文章是用气筒打气,要不停地加压,走题仿佛轮胎上戳了些小孔,这样的文章看上去永远瘪塌塌的,没有一点精神,而文章与人一样,靠的就是精神。高晓声还教会我如何面对寂寞,很长时间,我陷入深深的苦闷之中,写的小说一篇也发表不了,他却认为这是好事,说你只要能够坚持,一旦成功,抽屉里的积稿便会一抢而空。对于小说应该怎么写,高晓声对我的指导,甚至比父亲的教诲还多。同样,虽然没有接受过汪曾祺的具体辅导,但汪文字中洋溢的那种特殊才华,那种惊世骇俗的奇异之气,一度成为我刻意的学习样板。我对汪曾祺的文体走火入魔,曾经仔细揣摩,反复钻研。作为他的私淑弟子,我至今仍然认为《异秉》是汪曾祺最好的小说。

毫无疑问,这是两位应该入史的重量级人物。评价他们的文学地位,不是我能做的事情,是非自有公论。我不过坐井观天,胡乱说说高晓声的聪明和汪曾祺的才华。进入90年代,我一直在想,为什么我敬重的这两位作家,都不约而同越写越少。很显然,写作这工作,在高、汪看来,都不是什么难事。高晓声不止一次告诉我,事实上,他一年只要写两三个月就足够了。对于高晓声来说,写什么和怎么写,他都能比别人先一步想到。他毕竟太聪明了,料事如神,似乎早就预料到文学热会来,也会很快地过去,在热烈的时候,他是弄潮儿,在冷下去的时候,他便成了旁观者。在70年代末80年代初,高晓声每年写一本书,到80年代和90年代,几年也完成不了一部作品。

149

年龄显然是个很好的借口,然而肯定不是唯一的托词。这两个人出山的时候,年龄都已经不小了。有时候,我会自以为是,不知天高地厚地做假设,会不会物极必反,这两个人的聪明和才华,最后不幸都成了反动的东西。譬如高晓声,他敏锐地意识到,既然是搞文学,就要把它当作艺术来搞,就要有探索,有实验,然而这种探索和实验,由于脱离群众,注定是不会叫好的,对于一个成名的作家来说,不叫好将是一件很难忍受的事情。高晓声的聪明是不是表现在他清醒地意识到,既然不叫好,还写它干什么。因为聪明,所以看透了文学的把戏。在高晓声的晚年,已经看不到什么写作激情,而在汪曾祺后来的文章中,同样也看不到激情,汪曾祺刚出山时的那种喷薄之势,那种拔剑四顾无对手的气概,说没有就没有了。

有时候,过分的尊敬是否也会成为一种伤害。我们给知识分子似乎只有两种选择,不是捧上天堂,就是打入地狱。进入 80 年代,作家地位有个短暂而急剧的上升过程,因为上升太快,后来的作家便会有些不服气的委屈。从一个小细节上,也可以看到这种变化。譬如父亲最初称呼汪曾祺,一直叫他"老汪",然而到后来,不知不觉地便改口了,改成了"汪老"。我记得邵燕祥在文章中好像也提到过,他也是不明白自己怎么就改了称呼。毫无疑问,这里面很大的原因是出于尊重。我想汪曾祺自己未必会喜欢这样,他可能会觉得很意外,觉得生分,当然也可能根本就没有意识到。

然而，即使是没有意识到的问题，仍然会成为问题。在后来的写作中，汪曾祺似乎总是有太多的才华要表现，表现才华最后演变为挥霍才华，结果才华仅仅也就是才华，既是手段，又是目的。

举个不恰当的例子，新时期文学开始阶段，文学水准虽然粗糙，却很像历史上的初唐，这是个生机勃勃的时代，孕育着大量机会。高晓声和汪曾祺能够复出文坛，叱咤风云，显然与时代有关，早不行，晚也不行。高晓声曾经特别喜欢重复一个段子，说有四个人要过河，被摆渡人蛮横地拦住了，要他们拿出自己最宝贵的东西来，否则就留下来。四个人分别是有钱人、大力士、做官的、作家。有钱的用钱开路，大力士亮了亮拳头，做官的说我给你换个更舒服的工作，作家无计可施，便说我唱首歌吧。唱完了，摆渡人说你的歌难听死了，还不如做官的说得好听，于是把他扔在了河边。天渐渐黑了，作家又冷又饿，想到家中的妻儿，不禁仰天长叹，说自己平生又没有作过孽，为什么没有路可以走。这一声长叹让摆渡人听见了，说这才是你最宝贵的东西，比刚才唱得好听，我送你过河吧。高晓声想说的是，作家就应该有这种发自内心的感叹，而且他进一步发挥这个故事，说摆渡人在做官的照顾下，改行了，作家便当起了摆渡人，因为他突然明白自己的工作性质和摆渡人是一样的。

高晓声在晚年，根本不愿意对我谈起什么写作。他已经变得不屑与我说这些。他的心思都用到别的事情上，像候鸟一样飞来飞去。作为小辈,对他的私事我不应该多说,只是感叹他晚年的生活太不安定,安定又是一个作家所必需的。作家通过写作思考,不写作,就谈不上思考。有一天,他突然冒冒失失地出现在我面前,说今天在你这儿吃饭,有什么吃什么。那时候父亲已经过世了,他好像真的只是来吃饭,喝了些酒,夸我妻子烧的菜好吃,尤其喜欢新上市的蚕豆。我们没有谈文学,没有谈父亲,甚至都没有谈自己,谈了些什么,我根本记不清楚。妻子连忙又去菜场买回蚕豆,专门烧了一大碗蚕豆让他带走。他就这么匆匆来,匆匆去,机关的车送他来,然后又是机关的车送他去。晚年的高晓声可以有很多话题,他开始练书法,练自己发明的气功,不断地有些爱情故事,可惜都与文学没什么关系。

我一直不明白的是,好端端一个中国当代文坛,为什么很快从初唐,进入了暮气沉沉的晚唐,没有盛唐,甚至没有中唐。从王、杨、卢、骆的欣欣向荣,一下子到了李商隐和杜牧的年代,这种太快的过渡,让人匪夷所思,让人目瞪口呆。我忘不了汪曾祺讲述的"文革"中被江青接见的故事。他叙述的时候,先是平静,继而苦笑,最后忍不住感叹。这是他一生最戏剧性的一面,后来,他用典型的汪氏简洁文笔,将这段故事写下来寄给我,如果说我不长的编辑生涯中,还编过一些好稿子,这篇文章应该名列榜首。2000年初冬,汪曾祺的老家为他建纪念馆,征集留言,我写了几句话:

汪先生的才华举世公认，即使"文革"那样的背景，也出类拔萃。假如没有被打成右派，没有"文化大革命"，没有政治运动，汪先生一定会取得更大成就。好在历史终于给他最后机会，汪先生丰富了新时期文学，影响了一代作家。求仁得仁，这是人间的第一等快事。功遂身谢，名由实美，汪先生仰首伸眉，笑傲文坛顾盼自雄。

写了这段文字以后，我知道自己以后一定还会再写些什么。早在1946年，接受记者采访的时候，沈从文先生很有激情地说起当时最好的青年作家，是刚在《文艺复兴》上发表小说的汪曾祺。到"文化大革命"中的1972年，沈先生给巴金夫人萧珊写信，又描述了汪曾祺当时的形象，说他现在已成了名人，头发也开始花白，"初步见出发福首长样子，我已不易认识"，这"不易"两个字很耐咀嚼，然后笔锋一转，说"后来看到腰边的帆布挎包，才觉悟不是首长"。生姜自然老的辣，沈先生是什么人，笔落惊风雨，诗成泣鬼神。

到"文化大革命"结束的时候，巴金老了，沈从文老了，写小说已没有那个精力。待从头，收拾旧河山的光荣任务，天降大任落到汪曾祺和高晓声这一代人身上。一个人真没有机会，呼天天不应，求地地不听，但是机会一旦出现，就只能属于有充分准备的人。聪明过人的高晓声登场了，才华过人的汪曾祺也登场了。当我们仰天长叹，对剥夺巴金和沈从文写作权利的那个时代，表示切齿痛恨之际,不得不庆幸后面一代人的运气太好,他们苦尽甘来,终于在最后抓住际遇。

今人不见古时月,今月曾照古时人。凡是读过《异秉》的人,都免不了去想,去思索,琢磨小说中王二的"异秉"究竟在什么地方。汪曾祺借王二之口,幽了一默,说他的奇异之处,只是"大小解分清"。什么叫大小解分清,王二进一步解释说:

我解手时,总是先解小手,后解大手。

这是王二随手扔的一块香蕉皮,顿时很多人中计,滑了一个大跟头,小说结尾时,厕所里已人满为患,大家都去抢占茅坑,研究自己是否有"异秉"。

我喋喋不休提起《异秉》,喜欢这篇小说之外,更觉得可以用它说事。无论高晓声的聪明,还是汪曾祺的才华,都十分难得,这些东西本身就是异秉,是镜中花,是水底月,无迹可寻,可遇不可求。后人如果不明白,希望通过模仿,学些聪明和才华的皮毛,驾轻车走熟路,野心勃勃到文坛上去闯荡,去捞些什么,注定只能铩羽而归。高晓声和汪曾祺获得了应有地位,后来作家如果不能从他们的树荫中走出来,不另辟蹊径,不披肝沥胆,文学的前景就没什么乐观。换句话说,当代文学如果不够繁华,是否与太多的聪明和才华有关。

**2003 年 1 月 2 日于河西**

# 万事翻覆如浮云

1

父亲在北方有许多朋友，每次去北京，最想看望的是林斤澜伯伯。我们父子一起去京的机会不多，在南京聊天，父亲总说下次去北京，带你一起去看你林伯伯。忘不了有一次，父亲真带我去了，我们站在一片高楼前发怔，北京的变化实在太大，转眼之间，新楼房像竹笋似的到处冒出来。一向糊涂的父亲，一下子犹豫起来，就跟猜谜似的，他完全是凭着感觉，武断地说应该是那一栋，结果真的就是那一栋。

我忘不了父亲找到林伯伯家大门时的那种激动心情。他孩子气地叫着"老林"，一声接着一声，害得整个楼道里的人，都把头伸了出来。我也忘不了林伯伯的喜出望外，得意忘形，乐呵呵地迎了过来。两个有童心的老人，突然之间都成了小孩。友谊是个很珍贵的东西，杜甫在《奉简高三十五使君》中曾写道："行色秋将晚，交情老更亲。"父亲那一辈的人，并不是都把朋友看得很重，这年头，名利之心实在太重，只有淡泊的老人，才会真正享受到友谊的乐趣。

父亲过世后，林伯伯在很短的时间里，写了两篇纪念文章。仅仅是这一件事，就足以说明他和父亲的私交有多深。在贵州，一次和当地文学爱好者的对话会上，我紧挨着林伯伯坐在主席台上，林伯伯突然小声地对我说，他想起了我父亲，想起了他们当年坐在一起的情景。此情此景，物是人非，我的心猛地抽紧了一下，一时真不知说什么好。相逢方一笑，相送还成泣，我想父亲地下若有知，他也会和林伯伯一样，是绝对忘不了老朋友的。

林伯伯比我父亲大两岁，他长得相貌堂堂，当作家真有些可惜。女作家赵玫女士的评价，说他的五官有一半像赵丹，有一半像孙道临。准确地说，应该是赵丹、孙道临这些大明星，长得像林伯伯。林伯伯已经七十多岁了，可年轻人也没有他现在的眼睛亮。年轻一代的作家叫林伯伯自然称林老师，他们知道林伯伯和我们家的关系，跟我谈起来，总喜欢说你林伯伯怎么样。年轻人谈起老年人，未必个个都说好，但是我从没有听谁说过林伯伯的不是。年轻人眼里的林伯伯，永远是一个年轻的老作家。

还是在贵州，接待人员尽地主之谊，请我们吃当地的小吃。

一人一大碗牛杂碎,林伯伯热乎乎地吃完了,兴犹未尽,又换了一家再吃羊杂碎,还跟柜台上的老板娘要了一碗劣酒,酒足饭饱,红着脸,从店铺里摇晃出来,笑我们这么年轻,就不能吃,就不爱吃。马齿虽长,童心犹在。老作家中的汪曾祺和陆文夫,都是有名的食客,食不厌精,脍不厌细,然而他们的缺点,都是没有林伯伯那样的好胃口。没有好胃口,便当不了真正的饕餮之徒。只有像林伯伯这样的童心,这样的好胃口,才能吃出天下万物的滋味。

父亲在世时,常说林伯伯的小说有些怪。怪,是对流行的反动。他不是写时文的高手,和众多制造时髦文章的写手混杂在一起,在林伯伯看来也许很无趣。道不同不相为谋。林伯伯写毛笔字,写的是篆书。他似乎从来就没有真正地大红大紫过。我刚开始写小说的时候,就听林伯伯说过,他和汪曾祺先生的小说,都不适宜发头条。现在已有所改变,他和汪的小说屡屡上了头条,说明时文已经不太吃香,也说明只要耐着性子写,小水长流,则能穿石。出水再看两腿泥,文章小道,能由着自己的性情写下去,总能在历史上找到自己的位置。

二十多年前,高中毕业无事可干,我在北京待了将近一年,那段时间里,常常陪祖父去看他的老朋友,都是硕果仅存名震一时的人物。后来又有幸认识了父亲一辈的作家,经过1957年反右和"文化大革命"的双重洗礼,这些人像出土文物一样驰骋文坛,笑傲江湖,成为当代文学的中坚。前辈的言传身教,让我得益匪浅。林伯伯曾戏言,说我父亲生长在"谈笑皆鸿儒"的环境里,我作为他的儿子,自然也跟着沾光。对于自己亲眼见过的前辈作家,有许多话可以侃,有许多掌故可以卖,然而林伯伯却是我开始写的第一位。

## 2

以上文字写于1996年的12月,当时何镇邦先生在山东《时代文艺》上主持一个专栏,点名要我写一点关于林斤澜的文字。我一挥而就,并扬言这样的文章可以继续写下去,结果以后除了一篇《郴江幸自绕郴山》写了汪曾祺和高晓声,从此就没有下文。陆文夫过世的时候,很多报刊约写文章,我在追思会上也表示要写一篇,转眼又是好几年过去,文字却一个也没有,真有些说不过去。

大约是70年代末,我正在大学读书,动不动逃学在家。有一天,父亲领了一大帮人来,其中早已熟悉的有高晓声和陆文夫,不熟悉的是北京的几位,有刘绍棠,有邓友梅,有刘真,印象中还有林斤澜。所以要说印象中,是事情过了三十年,重写这段往事,我变得信心不足,记忆开始出现问题。或许只是印象中觉得应该有,本来还有一个人要一起过来,这就是刘宾雁,他临时被拉去做讲座了。

多少年来，一直都觉得那天林斤澜在场，当我认认真真地要开始写这一段回忆文字时，突然变得谨慎起来。本来这事很简单，只要问问身边的人就行，可是过眼烟云，父亲离世已十七年，高晓声和陆文夫不在了，刘绍棠不在了，当事人林斤澜也走了，刘宾雁也走了，刘真去了澳大利亚，国内知道这事的只剩下邓友梅。当然，林斤澜在不在场并不重要，物以类聚，人以群分，那年头的右派常有这样那样的聚会，而林却是混迹其中唯一不是右派的人。

林斤澜没当上右派几乎是件笑话，能够漏网实属幸运，他和右派们根本就是一丘之貉，也没少犯过错误，也没少受过迫害。一为文人，便无足观，想想1949年以后，改革开放之前，作家哪有什么好日子可过。林斤澜从来不是一个胆小怕事的人，把他和右派们放在一起说，没有一点问题，有时候他甚至比右派还右。上世纪90年代初，我去北京开会，好像是青创会之类，反正很多人都去了，一时间很热闹很喧嚣，我打电话问候林斤澜，他很难得地用长辈口吻关照，说多事之秋，做人必须有节操，要爱惜自己的羽毛，做人不一定要狂，但是应该狷的时候，还是得狷，不该说的话千万不要乱说。狂者进取，狷者有所不为也。我明白他说的那个意思，让他尽管放心，我本来就不喜欢在公众场合表态，更何况是说违心的话。

还是回到那天在我家的聚会上。之所以要想到这个十分热闹的场面,是因为这样的聚会属于父辈这一代人,只有劫后余生的他们才能分享。右派们平反后,行情看涨,开始扬眉吐气,一个个都神气活现,文坛上春风得意,官场上不断进取。记得那天话最多的是刘绍棠,然后就是邓友梅,说什么内容已记不清楚,不过是高谈而阔论,口无遮拦指天画地。北方人总是比南方人嗓门儿高一些。我念念不忘这事,是想不到在我们家客厅,竟然会一下子聚集了这么多文坛上的著名右派。说老实话,作为一个晚辈,我当时也没什么别的想法,也轮不到我插嘴,只是觉得很热闹,觉得他们一个个返老还童了,都太亢奋。

2006年开全国作家代表大会,在北京饭店大堂,林斤澜抓住了我的手,很难过地说:"走了,都走了!"反反复复地念叨,就这一句话,眼泪从他的眼角流出来。我知道他是指父辈那些老朋友,一看见我这个晚辈,就又想起了他们。终于平静下来,我不知道说什么好,他沉默了一会儿,又说:"你爸爸走了,曾祺也走了,老高也走了,老陆也走了。唉,怎么都走了呢?"

我能感受到他深深的悲哀和无奈,林斤澜是最幸运的,与过世的老朋友相比,他最健康,心态最好,创作生命也维持得最持久,直到八十多岁,还能写。这时候,他八十三岁了,精神还不错,两眼仍然有神,可是走路已经缓慢,反应明显不如从前,也是我最后一次跟他见面。今年4月,程绍国兄发信给我,告诉不好消息:"兆言兄,林斤澜先生病危(全身浮肿,神志时清时不清),离大去之期不远矣。这是他五妹今早通知我的。悲恸。"

第二天晚上，又来了一信，像电报一样，只有几个字："林老下午去世。绍国"我打开信箱，见到这封信，无限感慨，心里十分难过，傻坐了一会儿，回了一封短信："刚从外面回来，刚看到，黯然销魂。无言。兆言"

真不知道说什么才好，1979年第四次文代会召开，据说有一个很感人的场面，就是大家起立，为过去年代遭迫害而过世的作家默哀。从此，文坛旧的一页翻了过去，新的一页打开。当时有一个流行词叫"新时期"，还有一个词叫"重放的鲜花"，这鲜花就是指父亲那辈人，那些在上世纪50年代开始写作的作家重新活了过来。时过境迁，新的那一页也基本上翻了过去，重放的鲜花大都凋零，父辈的老人中虽然还有些幸存者，譬如邵燕祥，譬如李国文，譬如王蒙和邓友梅，还有张贤亮，还有江苏的梅汝恺和陈椿年，但是那个曾经让他们无限风光的时代，却已无可奈何地结束了。

3

右派平反以后，中文系的支部书记约我这个学生谈话，说是在我的档案中，有一些父亲的材料，要当面销毁。我觉得很奇怪，说为什么要销毁呢，这玩意儿已存在了很多年。书记说销毁了，对你以后的前途就不再会有什么影响,这可是黑材料。我拒绝了书记的好意,认为它们既然未能阻止我上大学,那么也就阻止不了别的什么。

右派是从十八层地狱里爬出来的人,我实际上是直到右派平反,才知道父亲和他的那些朋友是右派。这些并不光彩的往事,一直都是瞒着我,在此之前,我只见过韩叔叔和陆叔叔。韩是方之,他姓韩,方之是笔名,陆就是陆文夫,他来过几次南京,是我应该称之为叔叔的父亲众多好朋友之一。在我的记忆中,"探求者"成员被打成右派后,互相往来很少。除了父亲和方之,他们都在南京,是标准的难兄难弟,根本顾不上避嫌疑,其他的人几乎断绝音讯,譬如高晓声,父亲就怀疑他是否还在人间。

和知道方之一样,我最早知道的陆文夫,既不是作家,也不是美食家。方之与陆文夫在"文革"中都被下放苏北农村,粉碎"四人帮"后,分别回到南京和苏州,然后就蠢蠢欲动,开始大写小说,加上一直蛰伏在常州乡间的高晓声,很快名震文坛,享誉全国。陆文夫是江苏第一个得全国短篇小说奖的人,也是获得各种奖项最多的一位。加上方之和高晓声,紧随其后跟着获得大奖,在上世纪 80 年代文学热的大背景下,一时间,只要一提起江苏的"探求者",人们立刻刮目相看。

陆文夫在"文革"后期有没有写过小说我不知道,反正方之和高晓声是努力地写了,在那个特定时期,他们的小说不可能写好,也不可能产生任何影响。"文革"后期开始文学创作,思想虽然不可能解放,但最大的好处是可以提前预热,先活动活动手脚,俗话说一着鲜吃遍天。当然右派作家还有一个优势,早在上世纪50年代已开始写作,有着很不错的基础,本来就是不错的写手,赶上新时期这个好日子,水到而渠成,大显身手独领风骚便在情理之中。显然,江苏作家中的陆文夫运气要好一些,一出手就拿了个奖,方之没那福分,他的《在阁楼上》与陆文夫的《献身》发表在同一年《人民文学》上,同样是重头稿,而且还要早一期,也有影响,却只能看着《献身》得奖。

说到文学风格,方之自称为辛辣现实主义,称高晓声是苦涩现实主义,称陆文夫是糖醋现实主义。方之小说的辛辣味道,一度并不见容于文坛,其代表作《内奸》被退了两次稿,这让他觉得很没有面子,不止一次当着我的面骂娘。好在《内奸》还是发表了,而且很快得了全国奖,这个奖被评上不能说与方之的逝世有关,然而在评奖之前,方之的英年早逝引起文坛震惶,连巴金都赶写了文章悼念,也是不争的事实,毕竟是影响太大,说红就红了。

平心而论,在上世纪80年代初期,高晓声要比陆文夫更红火一些。这时候方之已经过世,如果他还健在,也可能会在陆文夫之上。无疑是与个人的文学风格有关,不管怎么说,当时是伤痕文学的天下,整个社会都在借助文学清算过去,都在利用小说出气,辛辣和苦涩未必见容于官方,却更容易引起读者的共鸣。真正奠定陆文夫文坛地位的是后来的《美食家》,不仅因为又得了全国奖,而是它产生的影响连绵不断,一浪盖过一浪。相比高晓声和方之的一炮而红,陆文夫略有些慢热,一开始可以说是不温不火,在《美食家》之前,既能够被别人不断说起,有点小名气,又还不至于充当当时文坛的领军人物。

《美食家》改变了一切,陆文夫声名大噪,小说到处转载,又是电影又是电视。不只是文坛,而且深入到了民心,影响到了国外,上自政府官员,下到平头百姓,只要提到一个吃字,只要说到会吃的主儿,就无人不知陆文夫。


## 4


我一直觉得"美食家"三个字,是陆文夫的生造,在没有《美食家》这篇小说前,工具书上找不到这个词。有一次,一个朋友让我写信,催陆文夫许诺要写的一篇序,我冒冒失失就写了信,结果陆很生气,立刻给我回信,说自己从来没答应过谁,说别人骗你来蒙我,你竟然就跟着瞎起哄。反正我是小辈,被他说两句无所谓,只是朋友向我诅咒发誓,认定陆文夫是当面答应过的,他现在又赖账不肯写了,也没有办法。后来我跟陆文夫讨论此事,他笑着说,要答应也肯定是在酒桌上,或许是有的,不过喝了酒说的话,自然是不能作数。

陆文夫与父亲，还有高晓声，喝酒都是一个路数，喜欢慢慢地品，一边喝一边聊，酒逢知己千杯少，从上顿喝到下顿并不罕见。我不善饮，只能陪他们聊天。父亲生前常常要说笑话，当面背后都说，说陆叔叔现在已成了"吃客"，嘴越来越刁了，越来越不好侍候。吃客是苏州土话，也就是美食家的意思。父亲是苏州人，陆文夫长年客居苏州，他们在一起总是说苏州话，而这两个字非得用方言来念才有味道。如果陆文夫的小说当初以吃客命名，说不定现在流行的就是这两个字。

　　父亲的话有几层意思，首先作为老朋友，他过去并不觉得陆文夫特别会吃。士别三日当刮目相看，父亲见过很多能吃的前辈，说起掌故来头头是道，以吃的水平论，陆只能算是晚辈。其次陆文夫不好辣，缺此一味，很难成为真正的美食大家。父亲少年时曾在四川待过，总觉得川菜博大精深，不能吃辣将少了很多乐趣。最后一点更重要，好吃乃是一件很堕落的事，是败家子和富家子弟的恶习，是男人没出息的表现，陆文夫并非出自豪门，主要人生经历都在建国以后，生活在红旗下，不是搞运动，就是三年困难时期，就是"文化大革命"，哪来吃的基础。

　　右派平反以后，老朋友经常相聚，有一次在我家喝酒，方之怀旧，说到了他的自杀经历，说自己曾经吞过两瓶安眠药，然后就什么知觉也没有了，醒来时不知身在何处，只听见妻子十分痛苦地问他觉得怎么样。往事不堪回首，说着说着，方之忽然伏在桌上哭了起来,父亲和陆文夫也立刻跟着流起了眼泪。

哭了一会儿,方之说:"你们都没有过死的体会,我算是有过了!"

这句话又勾起了大家的伤心,在过去的岁月里,同是天涯沦落人,生不如死,谁没有过想死的心呢。"文革"中,父亲确确实实想到了要结束自己的生命,但是没有勇气一个人走,便相约同是被打倒的母亲一起死,母亲断然拒绝,说我们这么不明不白地一死,那就真成了阶级敌人。陆文夫最难熬的却是在"文革"前夕,当时他戴罪写了几个短篇小说,因为茅盾的叫好,正踌躇满志,没想到有关方面正好要挑刺,便说茅公是"与党争夺文学青年"。陆文夫经过了反右的风风雨雨,刚有些起死回生,又突然成了"妄想反攻倒算的右派"。这件事对他的打击很大,一时间万念俱灰,不想再活了。有一天傍晚,他走到一个小池塘边,对着静静的湖水发呆,想就此给自己的人生一个交代。这几乎就是一个小说中的情节,然而千真万确,所幸被一位熟人撞见,拉着他喝了一夜老酒,才打消了轻生的念头。

方之过世,陆文夫从苏州赶到南京,先到我家,站在门外,叫了一声"老叶",便情不自禁地哭了。然后缓缓进屋,坐在方之生前喜欢坐的红沙发上,又掩面痛哭,像个伤心的小孩子。又过了十多年,轮到父亲要走了,我忘不了陆文夫悲哀伤心的样子,在医院里,他看着已经头脑不清醒的父亲,眼睛红了,叹气不止。这以后,他一次次在电话里关切询问,然后又匆匆从苏州赶过来奔丧。

进入了新时期,文人陡然变得风光起来,陆文夫更多的是向人展现了自己亮丽的一面,人们很难想到他并不光鲜的另一面。很显然,陆文夫并不喜欢"糖醋现实主义"这种说法,事实上他文章中有着太多的辛辣和苦涩,人们只是没有那个耐心去读。要知道,他本是个愤世嫉俗的人,说到脾气大,说到不随和,"探求者"成员中,他丝毫也不比别人差,当然吃的苦头也就不比别人少。陆文夫的两个女儿身体都不好,大女儿开过刀,做过很大的手术,小女儿更是很年轻就撒手人寰,都说这与她们从小被动吸烟有关。

在陆文夫写作的艰难岁月,大部分时间居住环境十分恶劣,都是关在一间烟雾缭绕的小房间苦熬,而且经济条件限制,吸的是最差劲的香烟。这种蹩脚烟老百姓也抽,很少是躲在完全封闭的环境里,百无一用是书生,那年头的文化人哪有什么今天的健康意识。

陆文夫被打成右派后,当过工人,"文革"中又下放了很多年,这本是文化人的宿命,没必要过分抱怨,更没必要心存感谢。一个人并不能因为吃过苦,就一定应该享受甜;落过难,就应该获得荣华富贵。写作并不比别的什么工作更伟大,人生最大的愉快,是想干什么,就能干什么。陆文夫的手很巧,他当工人,曾是一名非常出色的技工,但是他更擅长的还是写作,只有写作才能让他真正如鱼得水。如果说起陆文夫的不幸,也就是在说整个50年代作家的不幸,整整二十年,给作家一些磨难也没什么,吃点苦也行,然而真不应该无情地剥夺他们的写作权利,不应该扼杀他们的创作生命。

## 5

我对林斤澜的了解并不多,只知道他和父亲关系很铁,除了"探求者"这批老哥们儿外,北京的同辈作家中,与父亲私交最好的就是他。为了这个缘故,在刚开始写作的那段日子,父亲曾把我的一篇中篇小说习作交给他,让他提提意见,其实是投石问路,看看是否能在《北京文学》上发表,这话自然没好意思明说,老派的人都很讲究面子,有些不该说的话还是藏着为好。林斤澜认认真真地回了一封很长的信,首先是说想不明白,为什么要让他来提意见,说你老叶身边高手如云,往来无白丁,干吗非要绕道北京,让他这么一个并不被文坛看好的人出来说话。

这是我唯一没有拿出去发表的小说,至今也想不明白当年为什么会这样做。或许是穷疯了,居然把压箱底最糟糕的一篇小说拿了出去,毕竟林斤澜和父亲最熟悉,说不定就能在他主编的刊物上发表了。来信中有大量的鼓励,说文字还很不错,也蛮会说故事,就凭这样的小说去做一个现成作家,自然是当仁不让。很多表扬其实就是批评,我始终记得最后的几句话,说写作可以有很多种,然而驾轻车走熟路,未必就有什么太大意思。

多少年来,我一直把这句话牢记在心上,当作座右铭。熟路就是俗路,就是死路,一个写作者必须坚决避免,不能这样不知死活地走下去。很感谢林斤澜没有把那篇小说发出来,他把这篇小说退给了我,没让我感到沮丧,只让我感到羞愧,感到醒悟,让我一下子明白了不少写作的道理。一个人在刚开始写作的起步阶段,肯定会有些蒙头转向,肯定会不知轻重,这时候,有一个人恰到好处地对你棒喝一声,真是太幸运了。

不能说上世纪 50 年代开始写作的那一辈作家,没有文字上的追求,但是要说林斤澜在这方面最用心,最走火入魔,并不为过。据说汪曾祺对林斤澜的文字有过批评,在 50 年代说其"纤巧",后来又说其"佻",所谓纤巧和佻,说白了,都是用力有点过的意思。这个也就是父亲说的那个"怪"了,玩文学,矫枉不妨过正,语言这东西,说平淡,说自然,其实都是一种功力,都得修炼。事实上,汪曾祺自己的文章也有同样问题,也是同样的优点缺点。明白了这些,就能明白为什么林斤澜和汪曾祺会走得很近,会惺惺惜惺惺,奇文共赏,毕竟他们在艺术趣味上有很多共同追求的东西。

汪曾祺早在 40 年代末就开始写作出名,千万别小看了只早了这么几年,有时候几年就是整整一代人。汪曾祺的文字功力一下子远远地高于50年代的作家群,后面的这茬作家,先是没有意识到,后来明白了,要想追赶上汪曾祺,必须得花很大的气力才行,而这里面最肯玩命,玩得最好的,基本上就是林斤澜了。

林斤澜的小说在80年代并不是太被看好,他是名家,谈不上大红大紫,如果说因为汪曾祺的走红,带火了林斤澜的小说,听上去很不入耳,然而也不能说不是事实。汪曾祺让大家见识了什么叫艺术,推动了一代人小说趣味的行情上涨,也顺带提高了林斤澜的地位。林斤澜的短篇小说写得很棒,是一个始终都有追求的作家,小圈子里不时有人叫好,朋友们提到他都乐意竖大拇指,但是真正获得全国奖,却是迟了又迟晚了又晚。他那一辈的作家都得过了,都得过好几轮了,才最后轮到他。然而获奖并不能完全说明问题,除了汪曾祺,林斤澜是50年代开始写作的老作家中当然的老大哥,这一方面是由于他的年龄,既岁数大,又活得长;另一方面也是由于小说成就,他压得住这个阵。出水再看两腿泥,他的作品毕竟比那些当红一时的作品更耐看,很多人都愿意佩服,也就不是没有道理。

# 6

陆文夫当了中国作协的副主席,他自己不当回事,我们这些做晚辈的却喜欢议论,聚在一起常要切磋,研究这相当于什么职务。在一个讲究级别的社会,一说起让人捉摸不透的"相当于",就难免书呆子气,就难免不着调和离谱。说着玩玩儿可以,一是一,二是二,千万别拿村长不当干部,千万不要把作协主席和副主席真当领导。

毕竟作家是靠作品说话,作品写好了,这就是真的好,就是真正的功德圆满。陆文夫其实是个很有架子的人,内心十分骄傲,一点都不愿意低调,我看到有些文章说他待人接物非常随和,很乐意与普通老百姓打成一片,心里就觉得好笑,夸人不是这么夸的。我们总是习惯于这样来表扬人,父亲生前就是一个最典型的例子,人家总是这么说他,其实文人没有一些脾气,没有自己特立独行的品格,只是充当一个和事佬并不可爱,而且也不真实。"探求者"中的这些作家,眼光一个个都很高,都牛,背后说起话来都挺狠挺损,我可没少听他们攻击别人,说谁谁谁不会写东西,谁的小说惨不忍睹,这些话经常挂在嘴边。

很显然,陆文夫根本不会把全国的副主席头衔放在眼里,在别人看来就不一样,有的人专门看人脸色,喜欢观察别人对自己的态度。陆文夫并没有什么改变,他天生就有些狂,可是偏偏有人觉得是当了副主席才变了。由于美食家的称号,晚年的陆文夫给人感觉更像是一位不折不扣的名士,出入有高级的轿车,交往多达官贵人,早已不是当年的吴下阿蒙,却不知道他即使是最落拓时,也仍然不失为一翩翩公子。高晓声和方之,还有我父亲,都属于那种不修边幅的人，就算是成功了，也仍然一副潦倒模样，陆文夫不是这样，用今天时髦的话说，他一直是位帅哥，一直相貌堂堂很有风度。

陆文夫还是江苏的作协主席，他不止一次跟我谈过，不想兼这个可有可无的差事。当初还没有高速公路，铁轨上也没有飞驰的动车，他远在苏州，有时候为了一点屁大的事，得火烧火燎地赶到南京。人情世故匪夷所思，很多时候就是这样，不想干反而会让你干，想干又未必干得了。好在当不当都是做做样子，为了请他出山，当时分管文化的省委副书记孙家正赶到苏州，亲自做他的思想工作。这样隆重的礼遇，让陆文夫觉得很有面子，同时也让他找到了自己还是应该出来当这个主席的借口。后来孙家正去北京当了文化部长，陆文夫年纪也渐渐大了，不打算让他再干下去，新的分管领导约他到南京谈话，短短的几分钟，便从本来就是挂名的主席，变成了更加是挂名的名誉主席。

这个变动让陆文夫感到不太痛快，他不在乎那个主席，更不在乎名誉主席，在乎的只是一个礼数。不同的官员会有不同的领导风格，对文人的态度从来就不一样，赵匡胤杯酒释兵权，陆文夫没什么实权，只有一些虚名，他觉得有些话如果在酒席上提出来，或许会更合适一些。

# 7

我与林斤澜有过三次同游的经历,每一次都很有意思。第一次是在江苏境内,先在南京,然后去扬州、镇江、常州,再返回南京。这一次因为还有汪曾祺,汪曾祺是才子型的文人,到什么地方都会有热情的读者求题字,因此林斤澜虽然是陪同,却常常是躲在后面看热闹,一边与我说悄悄话,一边乐呵呵地笑,我们都很羡慕汪曾祺能写一手好字。

第二次是长途旅行,仿佛红军二万五千里长征,在地图上南来北往东奔西窜。从江苏的无锡出发,转南京,去山东,去安徽,去江西,去福建,去浙江,去上海。华东六省一市偌大的一个区域,该玩儿的地方都点了卯,是名胜都去报到,拜访了曲阜,登梁山、黄山、武夷山和当时尚未完全开放的龙虎山,游徽州皖南民居,逛景德镇看瓷器瓷窑,还有太湖、千岛湖、富春江、西湖,总之一句话,玩的地方太多了,根本就数不过来。老夫聊发少年狂,我这个年龄的作家都时常喊吃不消,他却无大妨碍,兴致勃勃率领老妻,一路喜气洋洋。

第三次就是在贵州,这一次,我干脆是与林斤澜同一个房间住,当时还很少让作家住单间,即使老同志也不能例外。我们朝夕相处,老少相知有素,天南海北说了很多。难得的是林斤澜始终有一份年轻的好心情，能吃能睡更能玩，更能说笑话。与他在一起，你永远也不会觉得无聊。他喜欢谈论过去，褒贬身边的朋友，尤其喜欢对我倚老卖老，说他当年跟在那些老作家后面，像对待老舍什么的，那就是老老实实，小心翼翼地在一旁看着听着，就像我现在对待父辈作家一样。

又说有一次陪沙汀去看李劼人，李劼人提出来要弄几个好菜招待，沙汀一口拒绝了，坚决不答应。这事让林斤澜一想到就连声大喊可惜，李劼人是老一辈作家中赫赫有名的饕餮之徒，他一出招，亮两手绝活儿，后来的美食家汪曾祺和陆文夫，都得乖乖地服输靠边站。林斤澜说自己当时那个动心，那个懊恼，这不只是一个解馋的小问题，关键是可以大开眼界，领略大师的美食风范。这么好一个机会，活生生失之交臂，焉能不着急，岂能不跺脚。

林斤澜也喜欢玩点收藏，不收藏珍版书，不收藏名人字画，藏书也不算太多，可是他收罗了大量的酒瓶。跟他在外面一起周游，看到有点奇怪的酒瓶，他的眼睛便会像顽童一样放光。我已经记不清是在什么地方，反正是去参观一家工厂，专门为各种名酒做酒瓶，五花八门琳琅满目，林斤澜看了，从头到尾都是感慨，我们就不停地问他想要哪一个，他东看西望，一个劲地喊："好确实是好，可太多了，不好带呀！"

还是在贵州，我们天天吃火锅，看着汤里翻滚的罂粟壳，终于明白为什么会好吃，为什么会一筷又一筷不肯停嘴。离开贵州前,我们异想天开地想带点回去,结果东道主就弄了一大包过来,明知这是违禁之物,飞机上不可以携带,可是我们光想着回家也能吃火锅,还是每人悄悄地分了一包。看到林斤澜很孩子气地跟大家一起冒险,我们感到很高兴,都觉得有他老人家陪着,闯点小祸也没关系了。所幸安检都没事,当年还不像现在,有胆子试试也就蒙混过去了。

## 8

鲁彦周先生安排一批老友去安徽游玩,给我这晚辈打了个电话,让我陪陆文夫去,说是一路可以有个照顾,可是陆突然感到身体不适,临时变卦不能去了,我又不愿意独自成行,结果便把储福金拉了去。这其实又是一次小规模的右派分子聚会,自然还是热闹,动静很大,有王蒙,有邓友梅,有张贤亮和邵燕祥,还有东道主鲁彦周,都是老右派。在一个风景如画的景点,鲁彦周很遗憾地对我说,考虑到兄弟们年龄都大了,此次出行专门请了医生护驾,可是没想到就算如此高规格的安排,老陆还是不能来,真是太可惜。又说老陆真要是来的话,能玩则玩,随时又可以走,这多好,老朋友能聚一聚不容易。言辞很悲切。他提及当年曾想约我父亲到安徽看看,总以为时间很多很容易,没想到说耽误就耽误了。

陆文夫与鲁彦周同岁,比他早走了一年。在陆文夫追思会上,江苏一位老作家用"备极哀荣"四个字来形容,这个说法很值得让人玩味。从世俗的角度来看,上世纪50年代开始写作的这批老作家,很多人虽然被打成右派,历经了种种运动之苦,但只要能写出一些货真价实的东西,后来都能名利双收,晚年总体上还是比较幸福。国家给的待遇也不算太低,方之走得最早,沾光最少,仍然分到了一套在当时还说得过去的房子,高晓声是三套,陆文夫只有一套,但是就其面积和规格,已足以让人羡慕。

　　父辈作家最大幸运是熬到了"四人帮"被粉碎,有一个新时期的大舞台供他们大展身手。否极而泰来,重塑文学辉煌的重任,既幸运又当仁不让地落在了他们身上。没有他们,就谈不上什么新时期的文学繁荣,而我们后来的这些作家,其实都是踩在父辈肩膀上,才冒冒失失开始文学创作,必须以一种感恩的心态对待他们。然而要重新评价前辈,却不可回避地会遭遇到两个问题。首先,如果最初的青春岁月不被耽误,不被摧残,不是鲜花重放,而是一直尽兴地怒放,他们的文学成就会达到一个什么样高度。其次,当耽误和摧残这些词汇不复存在,待遇被普遍提高,地位得到明显上升,作家的镣铐被打开以后,前辈的实际成就又究竟如何。认真地研究这些,对当代文坛的创作无疑会有好处。

　　晚年的陆文夫时常会跟我通电话,基本上都在谈他的身体状况,或是由身体引起一些话题,服用了什么药,效果如何。试用了某种进口药后,他非常热心地推荐给我伯父服用,因为伯父也是肺气肿。这时候,对文坛他已没多少兴趣,更多的是反过来关心小辈的健康,提醒我不要不顾一切,犯不着为写作玩命。烟早就不抽了,酒也不能喝了,他成了一个不折不扣的长者,一位非常慈祥的老人。

江南的冬天非常难熬,因为没有暖气,数九严寒北风怒吼,在室内待着很难忍受。陆文夫的肺不太好,呼吸困难,有一次他向我抱怨,说空调里散发出来的热风,让他觉得很不舒服。我不知道如何安慰他,只能埋怨气候不好,我们正好处在不南不北的位置上,纯粹北方就好了,房间里有热水汀,地道的南方也行,干脆气温高一些。江苏的气候要么把人热死,要么就让人冻得吃不消。此后不久去上海参加新概念作文大赛评奖,快经过苏州的时候,我想到了卧病在床的陆文夫,想到了空调散发的让他不爽的暖风,突然决定中途下车,直奔苏州的电器店,买了一个取暖油汀,然后送到陆文夫家。他感到很吃惊,没想到我会出现,更没想到我会给他送这玩意儿。我也觉得很有意思,怎么就会灵机一动,为什么不能早点想到呢,取暖油汀使用起来,显然要比空调舒服。

这是我与陆文夫的最后一次见面,早就知道他身体不好,早知道不可能恢复,早知道会有那么一天,就跟自己的父亲当年过世时一样,明知道事已不可避免,明知道那消息就要到来,可是从感情上来说,还是不太愿意接受。

2009 年 10 月 16 日于河西

第三辑

# 从解手说起

1

　　解手犹如今天的人去洗手间,是撒尿的一种拐弯和委婉说法。古人和现代人在"便溺"这件不大不小的事情上,总是不愿意直截了当说出来。好在大家都懂,懂了也就不去追究为什么。只有那些固执的学者,会为此大伤脑筋,千方百计琢磨出处。抗战期间,顾颉刚先生避国难,在四川做义民,与人闲聊中,了解到明末时,张献忠杀人如麻,蜀人未遭屠戮的只有十分之一。到了清初,号称天府之国的四川尽化草莱,所以朝廷不得不下令移民,"以湖广填四川"。老百姓是不听话的,因此要强迫,一个个都把手捆起来,像押壮丁一样,被捆的移民途中内急,就请押送的兵丁"解手",因为只有解了手,才能把便溺这件事办好。同样的道理

181

是"出恭",过去的学童念私塾,就厕时必须领出恭牌,一来二去,出恭便成为一个固定词组。

学者的特点是喜欢琢磨为什么,顾颉刚是历史学家,举一反三,他对解手的兴趣,自然不会停留在字面的意义上。解手是中国移民史的一个好例子,而为什么要移民四川,恐怕不是一个张献忠杀人就能说清楚。明清之际,四川原有的人口遭受灭顶之灾,这和战乱有着直接的关系,连绵不断的战争阻碍了生产的发展,张献忠三次入川,交战双方既有明军和农民军,又有明军和清军,以及清军和南明的军队,清军和吴三桂的"西府兵",此长彼消,打来打去,多少年也没太平过。打了这么多仗,人口死亡无数,把账都推在八大王张献忠身上,显然不公平。这一时期四川人口的骤减,战乱是重要原因,和天灾也分不开,造成死亡的因素还有瘟疫,有特大的旱涝,"大旱大饥大疫,人自相食,存者万分之一"。据说当时还发生了"千古未闻之奇祸"的虎灾,川北南充一带,群虎自山中肆无忌惮走出来,"县治、学宫俱为虎窟"。老虎吃人并不是什么新鲜事,但是群虎成灾,"昼夜群游城郭村圩之内",可怜的老百姓都成了猎物,回想起来便太惨了些。

天灾人祸是一对难兄难弟,一旦灾祸来了,老百姓往往束手无策,坐以待毙。移民是一个重要的补救措施,一开始是强迫,因为移民的结果并不乐观,南充县知县的报告中说,原报招徕户口人丁五百零六名,虎噬二百三十八名,病死五十五名,剩下的只有二百一十三名,新报招徕人口七十四名,见存三十二名。虽然清政府给予极其优惠的政策,"四川耕地,官给牛种,听兵民开垦","凡抛荒田地,无论有主无主,任人尽力开垦,永给为业",但是动不动就成了老虎的午餐,不用绳子捆着、刀架在脖子上,老百姓断然不肯上路。好在这些优惠政策的诱人之处不言而喻,因此道路尽管曲折,前途却一片光明,那些移民只要能熬下去,不葬身虎口,开十几亩荒地,便是一个很不错的小地主了。

明末清初的向四川移民,开始时要强迫,到后来,因为有一个好的前景作为诱惑,强迫变成了自觉,渐渐地,移民成为一种潮流,汹涌澎湃,在差不多一个世纪中,荒芜的四川人口剧增,逐步上升为人口最多密度最大的地区。情况真是说变就变,人和老虎较量,很快还是人占了上风。在康熙初年,四川境内"人烟俱绝",到康熙四十年已是"湖南衡、永、宝三府百姓,数年来携男挈女,日不下数百口,纷纷尽赴四川垦荒"。雍正五年,"湖广、广东、江西等省之民,因本地歉收米贵,相率而迁移四川者,不下数万人"。统计资料显示,在乾隆八年到十三年之间,自湖广"由黔赴川就食者,共二十四万三千余户"。这是一个骇人听闻的数字,那时候的一户不是现在的三口之家,上有老下有小,拖儿带女,一户中有十几个人是常事。

四川很快就繁荣起来,容易被忽视的是人满为患。人多并不是在今天才是坏事,清道光年间的《新都县志》就已经这么说:

"昔之蜀,土满为患,今之蜀,人满为患。"计划生育是现代名词,农民思想的根本就是地多一些,儿子多一些,问题在于这二者尖锐对立,土地开发总是有限的,而儿子没完没了,以几何倍数迅速放大。时至今日,四川是中国人口输出大省,在深圳,在海南,在拉萨,在任何一个需要开发的地区,都可以见到浩浩荡荡的川军。熟悉中国移民史的人都知道,早在"湖广填四川"之前,就有一个轰轰烈烈的"江西填湖广"运动,原因十分相似,不过是发生在宋元之后,由于战乱,"湖湘之间,千里为墟,驿驰十余日,荆棘没人,漫不见行迹",到元明之季,湖广地区的人口损失更大,因此明朝政府不得不下令,采取和后来清政府同样的强制移民措施。

顾颉刚考证出川人的"解手"一词,源于清初的"湖广填四川",而湖北人上厕所也说解手,因此还可以往前推移,很可能在江西填湖广时就已经有了"解手"这一说法。

2

中国的知识分子习惯通过书本了解历史,喜欢纸上谈兵。徐霞客算是不多的身体力行者之一,他的游记成为了解中国地理的重要教材。明崇祯十三年,徐霞客自丽江"西出石门金沙",取道东照,写了一篇很有名的《溯江纪源》,指出应该以金沙江为正源,岷江不过是其支流。这一观点曾为许多专家学者所引用,并认为

"发现长江正源"是徐霞客的重要贡献。譬如丁文江就说"知金沙江为正源,自先生始,亦即先生地理上最重要之发见也"。历史地理专家谭其骧不同意这种观点,他根据《汉书·地理志》和《水经注》上的记载,得出早在两汉六朝时已经知道金沙江出于丽江徼外,而且知道它的上游更在汉源以西的巴安一带。换句话说,徐霞客知道的事情,前人早就知道了,而大家弄不明白的根本原因,恰如徐霞客自己所说:"河源屡经寻讨,故始得其远,江源从无问津,故仅宗其近。"黄河流域在中国的政治上占着主要地位,古人对黄河的关心,远远超过对长江的关心。由于《禹贡》多少年来都被读书人奉为经典,"岷山导江"也就被误为岷江就是长江的正源。徐霞客的意义在于以自己的亲身经历,推翻了一千多年来陈陈相因的旧说,因此他的伟大贡献,并不是什么重要的地理发现,而是显示了向经典和权威挑战的勇气。

这个例子说明,中国人想知道自己国家的地理,很不容易。徐霞客已是这方面的大权威,但是也不太清楚前人早已知道他所刚发现的事情。一般读书人,都希望自己能够达到"上知天文,下知地理"的境界,行万里路,读万卷书。可惜天下之大,不是书呆子坐在书斋里就能想象,屈原在《天问》中就发出过感叹:

九州安错?川谷何洿?

东流不溢,孰知其故?

东西南北,其修孰多?

南北顺隮,其衍几何?

郭沫若为这段绕嘴的话做了这样的翻译:

九州究竟安放在什么上面? 河床何以洼陷?

江河老是向下流,何以总不能够把大海流满?

地面,从东至西究竟有多少宽? 从南至北多少长?

南北要比东西短些,短的程度究竟是怎样?

中国文人许多地理知识是从《山海经》中得到的,譬如说黄河的源头,有点文化的都以为是昆仑山。黄河是中国的母亲河,来自莽莽昆仑,玉皇大帝王母娘娘,都和这座山有了关系,"黄河之水天上来",昆仑自然而然地成了上帝的宫闱,登山等于上天。黄河又是中原人民的生命线,大家出于崇德报功之俗念,便视西方为极乐世界。本来弄明白黄河源头并不是什么难事,然而这些地方更多的时候属于西戎,中原的文人没机会去,只能像顾颉刚先生所说的那样:"在求知之烦闷中时涉遐想,遂幻造无数神话以自慰藉。"

对于今天的人来说,都知道地球像个南瓜,是椭圆的,可是古人没有这样的概念。人类最初的文明,都是沿着河流的方向发展,水往东边流,于是东西文化交流就成了主旋律。战国七雄,位于最西边的秦国终于一统天下。秦始皇统一文字,统一度量衡,统一车轨,成为中华的第一位封建君王。我一向对中国的历史地图有兴趣,秦时的地盘用今天的眼光看,其实还很可怜,它甚至不足今天中国版图的三分之一。秦帝国也不像人们想象的那么强大，难怪外国人不说华夏子孙是秦人，只说是汉人或唐人。西汉的版图与秦时相比，差不多大出来一倍，秦帝国看上去不过是东面的一片树叶，汉帝国却像一个东西横放着的葫芦，今天的酒泉是葫芦颈，偌大的一片西域都护府，皆属于汉朝的管辖。

开发西部是汉朝皇帝最崇高的理想，这首先表现为一种军事上的征服；其次便是移民，让中原的老百姓在新开发的疆土上安居乐业。领土的扩张只有通过开发西部才可能完成，因为当时中国疆域的东部已抵达海边，究竟没有发展空间，建功立业只有西征。少儿虽非投笔吏，论功还欲请长缨，于是，男儿生世间，及壮当封侯。于是，辞家战士无旋踵，报国将军有断头。大丈夫马革裹尸还，这是何等的豪气！汉朝强盛时，中国的疆土西出玉门关，直达巴尔喀什湖，已远远地进入今天的哈萨克斯坦境内。为了在已获得的领土上站稳脚跟，汉武帝时曾移民百万，设置五十余县，一度创造了所谓"新秦中"，即新的关中地区。

秦汉时期的关中地区，据专家考证，曾是生态环境最好的地方。土壤肥沃，在当时被评为第一等的好土质，非常适合农业。此外，水资源丰富，有"八川绕长安"之说。但是这种繁荣到了唐朝，已经开始打折扣，"三月三日气象新，长安水边多丽人"，长安八水依旧，水资源却明显减弱。统计资料显示，战国时的郑国渠初开发，可溉田万顷，汉时开发的白渠，可溉田六千多顷，到了唐初,其灌溉能力已下降了三分之一,到晚唐干脆下降了十之七八。关中平原的环境恶化在唐末已露端倪,而根源便是汉唐开发西部时,对森林和植被的肆意破坏。"新秦中"只是一个美好的梦想,中国西北部的自然环境十分脆弱,森林草原被毁坏,地表被开垦,很容易造成水土流失。最新考古已经证实,在内蒙古乌兰布和沙漠发现了西汉古城和屯垦遗址,早在西汉时期,这些古城和遗址就已经被放弃,从此再也没有被开垦。

西部大开发促使了沙地的增加,这是汉唐统治者做梦也不会想到的恶果。到了唐时,版图和西汉盛时相比,又增添了许多,葫芦颈不复存在,西北已远远深入今天的哈萨克斯坦境内,将庞大的咸湖纳入自己怀抱,西南却将阿富汗吞掉了大部分,直接和伊朗相接。审视当时的版图真能引起无限感慨,丝绸之路成为大通道,大唐帝国让今天的中国人狠狠地出了一口气,露了一回脸。可惜这样的黄金时代并不长久,安史之乱,以及后来的黄巢起义,使得不可一世的唐帝国很快土崩瓦解。

在谈及中国的大历史时,过去习惯于讲农民起义的推动作用,把历史的进展归结为斗争的结果。这种流行的观点在今天未必全错,但是我却想起了美国耶鲁大学亨丁顿的观点,这观点早在上世纪30年代就由潘光旦先生介绍过来,据亨氏的说法,中华民族在自然选择上吃了大亏,因为中国的荒年太多,而荒年之多又是因为中国北方和西北方的特殊气候风土。换句话说,中国的自然环境并不是十分理想,长安作为中国的首都一次次的东迁,东迁洛阳,后来索性移到了北京,不能不说和长安周围的自然环境越来越恶劣有一定关系。西北地区首先是失去了经济地位,接着才失去政治领导地位,作为屏障的森林和植被被破坏,有雨是水灾,无雨成旱灾,水资源已完全失去控制,偌大的西北再也不是中国最重要的粮食生产基地。要求古人考虑到今天时髦的环保问题显然不现实,然而不能说中国古代就不存在严重的环保问题。荒年是农民起义的直接动机,与其饿死,不如造反,中国是一个农业国,只有当土地不能让人生存的时候,农民才会铤而走险。

## 3

中国的老祖宗早就明白天时地利人和的重要性。在老天爷面前,人或许永远无能为力,人定胜天只是一种美好的想当然。譬如治理西北的恶劣环境,大家早就知道造林可以直接减少水旱之灾,间接可以减少大荒年,但是中国西北部的沙漠化趋势,事实上绝非人力可以遏制。和破坏的轻而易举相比,人为的补救显得有气无力,即使一次次造林成功,也是很有限,而且非常容易再次被毁坏。环境恶化在某种意义上来说,一旦成为事实,就不可能逆转,至多只能是延缓。有专家已经指出,中国北方的连年植树,动静大成效小,根本原因还在于水资源满足不了树苗成活的需要,结果只能是种了死,死了再种。

环境的问题不是砍了树,再种上就完事。由于农业思想的根深蒂固,古代开发西部注定是垦荒造田。所谓垦荒造田,用今天的话说就是破坏生态环境。这是一个必然的选择,多少年来,农业是华夏子孙特别是汉族立于不败的根本,在和游牧民族的对峙中,我们总是想用农耕代替游牧,因为对于农民来说,天赐的树林和草地没有任何用处,应该开垦出来种粮食,而游牧民族入主中原以后,又想当然地以游牧代替农耕,因为对于他们来说,让马吃饱几乎和人吃饱一样重要。想当然地改变原有的生态平衡,结局都是失败,双方谁也征服不了谁,谁也改变不了对方。汉族移民的垦荒加速了沙漠的扩展,把西北变成新粮食基地的美好前景,迅速成为不现实的痴心梦想。游牧民族获得政治领导地位以后,很快也只有汉化,顺应汉人传统的农耕方式,否则不种粮食,不仅养活不了那么多人,税收方面也没有保障,一个没有财政收入的政权是没有前途的。

古罗马帝国最强盛的时候,整个地中海都包括在它的版图之中。征服永远比统治和管理一个地区容易,成吉思汗扩张地盘,一路西征,成为"东方流来的一股祸水",火烧莫斯科,西破波兰和匈牙利,进入奥地利及亚得里亚海东岸,矛头直逼意大利的威尼斯。拥有最大限度的版图,差不多是每个获得强权的帝王的梦想,然而这种野心和梦想,无一不以失败而告终。天下可以从马上得到,却不能坐在马上管理,统治者总是习惯于一种模式来驾驭世界,反客为主的结果,天人合一的生态平衡被打破,于是只能面对两种选择,一是被原住民驱逐,譬如罗马帝国的崩溃,譬如成吉思汗的蒙古帝国的垮台;一是由征服降格为被征服,充分认识到自己是客,客随主便,将自己融入原住民的生活习惯中,譬如南北朝时入主中原的鲜卑人的汉化,又譬如清朝统治者入关后对明朝制度的继承。

原有的生态平衡被破坏,会带来一系列严重后果。异族入侵容易造成环境问题,本民族的统治也都可能犯同样的错误。环境恶劣引起了天灾,天灾又演变为人祸,农民因此揭竿而起,抱着同归于尽的心情,和封建王朝一起走向灭亡。唐朝末年的黄巢起义是这样,明朝末年的农民起义也是这样,严重的生存危机,犹如火山爆发,通过战乱这种激烈的形式获得了缓解。大量的人口死亡缓解了耕地不足,缓解了荒年的颗粒无收,这是一种典型的休克疗法,残酷却十分有效。根据阶级斗争学说,农民起义的更重要原因是贫富不均,但是对起义进行一番粗略考察之后便会发现,什么地方灾荒严重,什么地方就自然而然地成了暴乱的策源地。换句话说,环境的人为破坏,直接造成了干旱或者洪涝,天灾的根本原因还是因为人祸,人祸造成天灾,天灾又加剧了人祸。

南京市内的玄武湖现在已成了一个很重要的风景区,在宋以前,这片湖和长江连成一片,王安石在南京做官的时候,觉得湖区浪费了可惜,下令围垦。结果大片的土地被开垦出来,顿时一派丰收景象,可是好景不长,洪水来时无地方可去,便在市区里乱窜,临了不得不折中让步,恢复一部分湖区防洪抗旱。我们今天所能见到的玄武湖水面,事实上只有当年的三分之一。这个例子充分说明,垦荒造田会很快见效,有时甚至立竿见影,据说在北方草原种粮食,最简便的办法,是放一把火,把原有的野草都烧尽,简单地翻耕一下,直接播种,当年就有非常好的收成。投资者收益十分明显,可最终结局却一定是沙漠化,因为种粮食的土地非常脆弱,任何一次致命的干旱都可能变成不能逆转的灾难。

说到环境破坏,历史地理学家会告诉我们一些很沮丧的数据,那些造福于人的重大工程,多年来人们只想到了它的功劳,却忽视了过错。譬如著名的京杭大运河,这条隋朝时凿成的人工河,把中国的南北连成了一片,它所造成的负面影响,同样骇人听闻。邹逸麟教授在《以古鉴今——反思人地关系之历史》一文中指出,由于运河山东境内从济宁到临清一段无天然水可利用,结果当地所有的水源都被强行引进运河,运河沿线的水源"涓滴归公",谁敢盗水,便要充军发配,因此,不仅破坏了鲁中地区的地下水资源,同时也使当地农民无水灌溉,农村经济严重凋敝。

此外,京杭大运河为维护航运,两岸全线筑堤,随着河道淤高形成地上河,犹如在东部平原地区竖起一道地面长城,黄河泛决,霖雨积水,无处宣泄,便在鲁西南地区到处泛滥成灾,遂使这一带

192

成为近五六百年来农业衰退、人民生活贫困的地区之一。

我们都知道乾隆下江南的故事，都知道有了运河，北方的政治和南方的经济，因此联系在一起，这种紧密联系是中华大一统的重要保证。富庶的江南源源不断地向北方运输钱粮，没有铁路之前，运河是中国的一条大动脉。很少有人在意它给运河沿岸带来的不利因素，但是，没有历史眼光将是一件可怕的事情，以往的教训不吸取，便会犯更大的错误。在利益的驱使下，人类什么样的事情都可能做。读小学的时候，我曾在苏南农村生活过几年，那时的水乡河流交汇，潮起潮落，门口的河水不停地流动，看上去即使有些浑浊，喝了也不会闹肚子。河里都是鱼虾，田埂边就能捉到螃蟹，青蛙多得无法计数。村村都有成片的竹林，白墙黑瓦掩隐在绿色植物之中，喜鹊在天上飞，时不时还有外乡人持猎枪来打野鸡。也不过是三十多年前的情景，时过境迁，如今的苏南找不到一条没有被污染的河流。"一物失称，乱之端也"，经济上去了，农民都住上了小楼，生态环境却遭到了有史以来最严重的破坏，这不是一个好的结局。

## 4

我对历史地图有着浓厚的兴趣，记得小时候坐火车去北京，同座的两名女学生每到一个车站，立刻拿出地图册兴致勃勃地进行对照。或许受这件事的感染,在以后的日子里,我常常会为历史地图入迷,遇上弄不明白的事,就像骁勇好战的军事指挥员一样,对着地图老气横秋地瞎琢磨。中国久远的历史给了后人充分的想象空间,据说毛主席他老人家也有这样的嗜好,在"文革"那样动乱的日子里,一批历史地理专家因为要绘地图给毛主席看,获得了特殊的照顾。林副主席也跟着赶过一阵时髦,受他的影响,第二夫人叶群甚至让著名历史地理学家谭其骧为她上过课。

单纯地学习中国历史,更多的收获可能只是时间概念,记住了朝代的更替,记住了皇帝的排名,琢磨历代的地图,却可以有一种直观的空间感。在没有接触历史地图之前,我对战国时期的合纵连横一直没有清醒的认识,只知道无论合纵还是连横,目标都是针对正在崛起的秦国,看了地图以后立刻明白,为什么秦国破了合纵连横之后,自己就能独步天下。其实从地理位置上来说,楚国最为有利,它若合纵,即南北联合,联合魏赵燕,"则秦不敢东顾,齐不能西向";它若连横,即东西结盟,"与齐联合则秦弱,与秦联合则齐孤"。可惜楚国未能把握好时机,为了一点蝇头小利,朝三暮四,结果中了秦国的圈套。

强秦的胜利预示了中国历史的一个重要走向,意味着威胁和危险,通常来自西部。"普天之下,莫非王土;率土之滨,莫非王臣",古人的地理概念中,天圆地方,四周都是大海,大海是大地的边缘。谁掌握了中原,谁就掌握了对这个国家的支配权,谁就是至高无上的皇帝。不管是秦汉,还是大唐,来自东方的挑战多少都显得无关紧要,而一个朝代的由盛转弱,通常以首都东迁为标志,西周成为东周,西汉成为东汉,西晋成为东晋,都是典型的东不如西,而西变为东,是一个强有力的中央集权颓败的开始。换句通俗的话说,一个有作为的政府总是惦记着开发西部,一个窝囊的小朝廷便只有做好随时东逃的准备。

在东西对峙的较量中,更多的时候是西占着上风,汉字构成的词组似乎可以非常形象地说明,若要往西去,常说的是西征,这意味着要真刀真枪,要卧薪尝胆,要精心准备,若要向东来,常说的是东进,好像是顺理成章,水往低处流,根本就不要花什么力气。同样的道理是北伐和南下,唐以后,地理概念上的东西对抗逐渐减弱,更多的是南北对峙,在南北之间,占据有利位置的总是北方。加上"南"字头朝代,无一例外皆是可怜兮兮的小朝廷,不是偏安,就是很快地亡国,譬如南唐,譬如南宋,譬如南明。在政治上,南北势均力敌的时候很短,南方政府要想偏安,常见的办法是俯首称臣,像南宋皇帝和金的关系就很滑稽,要称金主为叔叔,跌软跌到这个份儿上,真是太没面子。丢脸还不算,必须老老实实地岁贡,每年缴纳岁币银绢各二十五万。想想中国的南方真窝囊,生来就应该向北方缴银子的命,中央政府在北方,得缴,中央政府逃到了南方,仍然是缴。

中国历史上曾出现过几次大分裂,三国,南北朝,还有五代十国,战争连绵不断,最终结束混乱局面,将四分五裂的中国重新统一起来的强权人物,都来自北方。诸葛亮鞠躬尽瘁,最后也只是出师未捷身先死。南方对北方的挑战极度艰难,史家早就注意到,诸葛亮的用兵,是"先定南中而后北伐",在南征中,七擒孟获,充分显示了军事才华,然而北伐却次次失败。蜀兵七年中"六出祁山",留下了"挥泪斩马谡"和"空城计"等著名故事,这些故事的实质,都说明诸葛亮军事上的失利。作为军事家,诸葛亮的水平被大大夸大,也许壮志未酬更能打动人,更让人有想象力,也许对抗中,南方总处于下风,诸葛亮给后人更多的是一种精神上的鼓舞。他的"王业不偏安"思想,对于南方政权有着很好的警戒作用,尤其对于那些想收复失地的北方人,不仅是精神力量,也是很好的心理安慰。

三国时的蜀汉对曹魏用兵不可谓不努力,连年征战,一次又一次失败,甚至诸葛亮死了以后,也仍然用兵不止,"九伐中原"。孙吴的使臣回家报告说,他所到之处,蜀"民皆菜色",曹魏得到的情报也说,蜀军"士皆饥色"。"心存汉室"成了穷兵黩武的借口,事实上,以现实客观条件而言,蜀汉并不具备统一中国的实力,因此历史学家不得不怀疑蜀汉最后失败,和连年征战国力消耗太大有关。而曹魏自从赤壁败后,回到北方,一直避免与诸葛亮正面决战,采取的政策是养兵屯田,以逸待劳,迅速恢复战乱造成的经济萧条。结果北方乡村一片繁荣景象,"农官田兵,鸡犬之声,阡陌相属"。一旦时机成熟,魏军入蜀,长驱直入,很短的时间内,轻而易举解决了蜀汉。记得小时候看连环画,蜀主刘禅是个半大不小的毛孩子,这也许受了"刘备托孤"和"扶不起的刘阿斗"的影响,其实刘禅自十七岁起,做了四十年的皇帝,成为魏军的俘虏而"乐不思蜀"时,已是个不折不扣的老头。

曹魏的大将司马懿采取的是防守反击战术,从场面上,当然诸葛亮的全线压上的攻势足球好看。大举进攻有时候也是一种防守,也许诸葛亮内心深处根本就知道,只有以攻代守,才可能挡住来自北方的威胁。进攻严重消耗了国力,但是正是因为积极的进攻,使得强悍的曹魏不敢再次贸然南下。想当年,曹操给孙权写信,称自己的南下只是想到江东打猎,口气之狂妄,气焰之嚣张,对南方的轻视到了骇人听闻的地步。三国时的南北较量所以打成平手,形成鼎足之势,重要的原因还是因为蜀汉和孙吴的联合,共同对付北方。北方所以能够屡屡占着上风,是因为相形之下,一方面,南方人的确不如北方人善于作战,另一方面,南方人也更容易沉溺于安逸,更容易不思进取。在统一的年代里,南方一向比较太平,比较便于管理,南方对北方的服从也是习惯成自然。

在来自北方的威胁中,蒙古人最厉害,成吉思汗最辉煌的时候,曾把掠夺到的地盘分给了自己的四个儿子,也就是史称的四大汗国,即:钦察汗国,在里海以北,西至多瑙河;察合台汗国,天山附近,锡尔河流域;窝阔台汗国,阿尔泰山一带,至巴尔喀什湖;

伊儿汗国,波斯及小亚细亚,西到地中海。对于历史地理学家来说,把成吉思汗帝国的版图描述清楚,几乎是件不可能的事情,蒙古人成为一股随处乱窜的祸水,流到什么地方,什么地方就遭殃。东至黄河,西到多瑙河,北到北极圈,南到越南,只要战马能够到达,蒙古铁骑就可能在那儿驰骋。马上得天下的蒙古人把世界变成了一个狩猎场,他们到处征服,马不停蹄,以至后人想不明白,贪得无厌的蒙古人要那么多地盘有什么用。

蒙古帝国的版图是一笔糊涂账,大约后来一再受列强欺负的缘故,中国人不缺乏贪天之功之辈,把这些地盘都记在自己的账上。根据这种想当然的账簿,什么俄罗斯,什么中西亚,还有越南,还有不丹,当年都是我们的一部分。谁说我们不行,想想元朝那阵儿,咱中国人多露脸。这种似是而非的观点,真是地道的狐假虎威,情形就仿佛第二次世界大战期间,日本人用武力拿下了南洋,汉奸上大街游行,庆祝大东亚共荣圈,然后对东南亚的居民说,从此你们就是我们的一样。奴才似的自欺欺人最惹人生气,不能因为比别人早当了几天亡国奴,就忽然以为自己也成了主子。根据同样的逻辑,俄罗斯和中西亚被蒙古人所征服,在时间上比灭宋更早,因此人家似乎更有资格说,你们中国是我们的。根据元朝的阶级划分,蒙古人为第一等人;色目人,无论是蓝眼睛的俄罗斯人,还是棕色的契丹人和突厥人,为第二等;第三等为北方的汉人,其中还包括朝鲜人;而南方汉人最惨,是四等公民。

# 5

平心而论,蒙古人建立的元朝,在地理位置上,主要是巩固东进和南下获得的地盘,审视元朝的地图不难发现,起源于鄂嫩河流域的成吉思汗家族,在元朝时已经分裂,西征获得大片版图与元朝并没有什么关系。元朝是中国历史的一部分,其他蒙古人统治的汗国则不是。传统的大中国地图总是东西长于南北,可是在元朝,南北之间的距离,远远超过了东西。元朝牢牢掌握的区域,实际上是当年的金的版图,加上西夏、吐蕃、大理和南宋,以及一部分的西辽。毫无疑问,和蒙古帝国的其他汗国相比,元朝所以强大,和它接受汉化有关。在军事上,蒙古人永远是胜利者,然而文化上,却不能不承认自己失败了,而这种失败又促使了蒙古人的文明。

朱元璋北伐时,喊过一个极动人的口号,就是"驱逐胡虏,恢复中华",三十年河东,三十年河西,对立已久的汉人与非汉人之间的矛盾,经过一百年的冲突,终于激化到了不可调和的地步。可是,明朝不过是获得了元朝的一半地盘,蒙古人不过把原来属于别人的领土,完璧归赵,重新还给别人。来自北方的威胁并没有真正解决,中国又一次处于南北对峙状态。这种状态也是中国的常态,各民族之间的矛盾是历史中的一种客观存在。词义学上也能发现这种矛盾，汉人说别人瞎说，叫作"胡说""胡扯"，这自然是一种民族歧视。我们今天说一个男人有骨气，就说他是条汉子，可是南北朝时，"何物汉子"却是一句骂人的话。汉人在元朝时属于第三等人，因此朱元璋的北伐，大有第三等人闹革命的意思。

其实汉人是一个非常模糊的概念，而说到汉族，更是一部二十四史，不知从何说起。汉族作为一个民族，更多的是象征意义，据说最早出现"汉族"两个字，是在太平天国时期，可见这种流行的说法并没有太深的历史背景。著名的历史学家吕思勉先生认为："汉族之名，起于刘邦称帝之后。"这种观点很难服人，因为汉人和汉族并不能等同，就像不能简单地说美国人就是美国民族一样。汉人在最初只是代表了一个国家一个朝代的人，在这一点上，说汉人就像今天多民族的美国人倒是十分合适。秦汉首先是一个国家的代表，其次才代表民族。汉民族是一个巨大的混血儿，今天说一个人是杂种，多少有些骂人的意思，但是往前看，也没什么稀罕。民族学家认为，汉民族的两大主源是炎黄和东夷，它的支源却包括了苗蛮、百越、戎狄，等等。我们说盘古开天地，这盘古就是苗蛮，传说中女娲也是。

陈寅恪先生治唐史，对李姓皇帝的血统进行分析，得出唐宗室并非出自"夷狄"的结论。这一结论的有趣性就在于，陈寅恪虽然掌握有力证据，仍然说自己只是假说。认为唐宗室血统与胡族混杂，并不是凭空乱说，如刘盼遂就认为李唐一族源出于夷狄。

200

日本学者金井之中，专门写了《李唐源流出于夷狄考》，也认定李氏不是汉族。在上世纪30年代，正是救国存亡之际，这一问题的探讨，有着不同寻常的政治意义，一些学者特别强调唐室的汉族身份，如朱希祖就说：

> 若依此等说，则自李唐以来，惟最弱之宋，尚未有疑为外族者，其余若唐、若明，皆与元、清同为外族入居中夏，中夏之人，久无建国能力，何堪承袭疆土，循其结果，暗示国人力量退婴，明招强敌无力进取。

陈寅恪和朱希祖的观点并不一致，朱希祖认为唐室出于陇西望族，陈寅恪认为英雄不论出身低，李唐先世虽为汉族，更可能是"破落户"或"冒牌货"。问题的关键在于，朱强调唐是正宗的汉室，是汉族世家子弟，他眼里的中国是汉族一族的中国，而陈寅恪却觉得中国是个混血儿，是各民族融合的产物。换句话说，陈寅恪觉得李唐是不是什么胡人，是不是陇西大族，并没有什么多大的了不得。作为历史学家，陈寅恪认为李唐是汉人只是假说，不能确定，就像出自夷狄没有确证一样，究竟如何，要靠新的历史资料研究和分析才能得出，所谓"有误必改，无证不从"，而李唐不出于陇西望族则是可以证明的。

在唐时，汉人和非汉人之间，并非像后人想象的那样，有一道不可逾越的鸿沟。无论汉化还是胡化，在某种意义上来说，都是很自然的事情。陈寅恪在李唐渊源研究中，还得出了一个令世人震惊的结论,这就是诗仙李白很可能为"西域胡人"。李白自称其"先世于隋末谪居西突厥旧疆之内",绝对是一件不可能的事情,因为从来就没有把犯人流放到外国去的道理。有人进一步地发挥了陈寅恪的观点:

> 意者白之家世或本为胡商,入蜀之后,以多赀渐成豪族。而白幼年教育,则中西各文兼而有之,如此于其胡姓之中,又加之以诗书及道家言,乃造成白诗豪放飘逸之风格。李诗之所以不可学者,其在斯乎?

是汉人是胡人,在唐朝大约真不是什么事。唐之后有元朝、清朝,这两个由非汉人建立的封建王朝,大大地伤了汉人的自尊心。小时候读《木兰诗》,"昨夜见军帖,可汗大点兵",心里一直犯嘀咕,可汗是胡人的君王,这花木兰岂不成了汉奸,而"将军百战死,壮士十年归",屠杀的都是咱中国人。我的错误在于只认汉人是中国人,或者说是只知道汉人掌权的朝代,这是个很天真幼稚的想法,其实只要对中国历史稍有了解,就知道汉人的掌权,至多是和其他少数民族打成平手。分析各个朝代的地图,也不难发现,今日中国的版图上,大片的土地总是由少数民族控制的,其中最具有戏剧性的是中原一带,来自北方的少数民族,走马换将似的从北方或东北,一批接一批地南下,轮流坐庄,匈奴,鲜卑,契丹,女真(金),蒙古,女真(清),多得数不清楚。

今日的南京,只是明朝的南京。中国历史上有好几个南京,有的是逃跑时的迁都，如今日的成都曾做过唐朝的南京，今日的商丘做过北宋的南京；有的却是一种进取，譬如少数民族政权的"南京"，是南下的新都，今日的北京是当年辽国的南京，今日的郑州又是当年金国的南京。唐后期的渤海国，南京竟然在今天的朝鲜境内。把国都建在什么地方，从来就是一件很讲究的事情，北魏孝文帝想迁都洛阳，便对他的大臣说，鲜卑人起自漠南，徙居平城，这里出军马出战士，宜于用武，却不适合文治，欲与江南对峙，想长治久安，就不能不借助中原，迁都洛阳。据说北魏迁都，所带领的人口将近百万，而此次迁都的重大意义，是鲜卑人大规模的汉化。他们脱下鲜卑装，改穿汉装，不再讲鲜卑话，改说洛阳腔，还觉得不彻底，索性改鲜卑姓为汉姓，皇室原姓拓跋，改姓元。

鲜卑族与汉人的通婚得到了鼓励，孝文帝自己就广收汉妃，他的五个弟弟也分别把原有的老婆变成妾，堂而皇之地娶汉女为正妻。皇室带了头，民间也就乐意效仿。在当时，鲜卑人继续作鲜卑人打扮，就是违抗朝廷的命令。史书上曾记载，有一名妇女违令，被孝文帝发现，立刻将手下训斥，责怪他督察不力。彻底的汉化让我们今天已再见不到一个鲜卑人，鲜卑人不仅成了中华民族的一分子，而且也成了汉族的一部分。结束南北朝的隋文帝杨坚，他自己的老婆是鲜卑贵族，女儿是北周宣帝的皇后，他以老丈人的身份将北周的江山据为己有，变鲜卑人已有一百多年的天下为汉人的天下，鲜卑贵族和老百姓都无所谓，由此可见当时汉化程度有多厉害。

# 6

上海人的合成,是解剖汉族人的一个标本。作为一个移民城市,上海的人口来自全国各地,人口的流动,造成上海人身上更多的中国人的聪明,也更多中国人的小毛病。混血儿有许多优势,同样为中国人,山东人的豪爽和朴直,和它历史上的大移民有关。据史料记载,北宋时,辽金先后入主中原,今日的北京成了金朝的都城,大量的女真人和其他少数民族迁入山东,这些移民的迁入,很快造成了当地的胡化。少数民族汉化的时候,胡化往往也同时发生。山东曾是多战之地,据葛剑雄主编的《中国移民史》书中的统计,在五胡十六国时,从山东逃往江南的大户人家,成千上万,而所谓士家大族,更是一走了之,像以王导为首的琅邪临沂的王氏,以颜含为首的颜氏,以卞壶为首的济阴冤句的卞氏,以羊曼为首的泰山南城羊氏。战乱本身就造成了人口骤减,南迁使得原住民的数量更是雪上添霜,其结果便是新移民的大量进入。

毫无疑问,山东人的豪爽和历史上的胡化有很大的关系,而山东人的朴直,又与山西移民有关。资料显示,明洪武年间,大规模移民迁入山东,山东接纳移民达一百八十万人,其中山西籍人口竟然达一百二十万,占了百分之六十七。一方水土养一方人,这只是事物的一个方面;另一方面,不同的移民必定造成新的不同风气。无论汉化还是胡化,从进化的角度来说,都是一件大好事。拒绝交流的民族注定不会有大出息,现代美国人的成功,很大程度上归功于各种文化的交流。一个民族是否繁荣,和交流有关;同样,艺术的各个门类是否成功,也和交流密切相关。

雍正做皇帝的时候,来自欧洲的使者,曾进贡几位金发碧眼的西方美女。据说雍正为这几位异域女子非常动心,很想纳入后宫开开洋荤,但是在大臣的劝阻下,毅然将到手的美人退了回去。在中国的北方,汉胡通婚本是经常的事情,唯独满人似乎害怕自己像鲜卑那样,因为汉化而完全消亡,结果尽管他们在其他地方都汉化了,独独在血统上,还保持着所谓的纯洁。纯洁并不是什么好事,满族皇室近亲结婚的直接恶果是人种退化,清兵刚入关时何等的强壮,到了清后期,连续三朝皇帝没有子嗣。

清朝在中国大历史上,有不同寻常的地位,康乾盛世与文景之治、贞观之治相比,并没有什么逊色的地方。对于老百姓来说,面对着没完没了的战争,分裂,饥馑,洪涝和大旱,一次又一次地逃难,流离失所,赶上康熙和乾隆做皇帝,还真是难得的好日子。作为过渡性的人物,雍正既不如父亲康熙,也不如儿子乾隆,毕竟是清朝将近一百年繁荣的关键人物,起着承前启后的作用。然而,雍正拒绝西方美女的背后,还隐藏着一个重要主题,这就是对西方的拒绝,即所谓给今后带来严重恶果的闭关锁国。也许,大清朝过于自高自大,觉得当时的西方并没有什么了不起,不值得仿效。也许,已经意识到西方可能会有的威胁,涓流虽寡,浸成江河,爝火虽微,卒能燎原,不如防渐杜微,将危险排除在萌芽状态。在一场著名的文字狱中,针对吕留良称清为夷一说,雍正亲自书写了《大义觉迷录》予以批驳:

> 今逆贼等于天下一统华夏一家之世,而妄判中外,谬生愆戾,岂非逆天悖理,无父无君,蜂蚁不若之异类乎?

以皇帝之尊,对一个死人大加讨伐,锉尸枭示,还喋喋不休辩个没完,这恐怕是有史以来的第一次。

雍正大约很在乎别人把他说成是“夷”,清兵入关,军事上已经彻底灭了汉人的威风,然而心灵深处,却没办法让汉人真正屈服。作为少数民族统治中国,满人并不是第一个,对于汉族的自大,排斥,阿Q的精神胜利法,雍正很自然会产生一种有理说不清的孤独感和委屈。“夷”是一个很忌讳的词,一方面,清皇帝也把自己看成是古老中国的一部分,是华夏的一个民族,为了更好地统治这个国家,雍正急着要做的是消除民族之间的人为隔阂;另一方面,毕竟是以少数统治多数,不得不有很强的戒备心理,其大兴文字狱的基础也就在此。事实胜于雄辩,雍正觉得自己显然是占着理的,得理岂能饶人,他振振有词地说:

> 且自古中国一统之世,幅员不能广远,其中有不向化者,则斥之为夷狄。如三代以上之有苗、荆楚、猃狁,即今湖南、

湖北、山西之地也,在今日而目为夷狄可乎? 至于汉唐宋全盛之时,北狄、西戎世为边患,从未能臣服,而有其地,是以有此疆彼界之分。自我朝入主中土,君临天下,并蒙古极边诸部落,俱归版图,是中国之疆土开拓广远,乃中国之臣民大幸,何得尚有华夷中外之分论哉?

真不能说这话全错了,可惜,清朝皇帝从怕别人说自己是"夷",很快发展到也说别人是"夷";从怕别人鄙视,发展到自己忍不住也要鄙视。

在汉唐时代,丝绸之路是畅通的,中国的帝王敢于和西方对话,到了清朝,闭关锁国代替了对话,中华帝国的优势开始逐渐丧失,康乾盛世转眼即逝。就像万里长城阻挡不住北方民族入侵一样,将夷拒于国门之外的企图也注定行不通,最初只是志在通商的洋人,很快从"贪利"进逼到了要求"割地赔款",帝国主义的洋枪洋炮让清政府脸面丢尽,一个接一个不平等条约被迫签订。雍正引以为自豪的"中国之疆土开拓广远",在他的子孙手里,大片大片地被割让,譬如沙俄政府就鲸吞了中国领土一百多万平方公里,面积相当于十个江苏省,或者相当于法国、英国再加上意大利。清政府在开拓边疆上,有着不可磨灭的功勋,然而也还是它,不当回事地就丢失了中国四分之一的沿海线,当初大约也没有意识到海岸会有多大的经济前景,成为改革开放的前沿。清朝丢失了巨大的库页岛,它的面积足有三个台湾那么大。

# 7

或许我对中国历史地图的兴趣,一开始只是为了寻找那些已失去的领土。读中学的时候,我第一次开始有意识地比较不同时期的地图,用红蓝铅笔在地图册上做着记号,我的脑子里当时并没有什么大历史概念,只是顽固地记住一些数据,被沙俄夺取的领土有多大,独立出去的蒙古有多大。这是一个小孩子的耿耿于怀,当时还坚信有一天会收复失地。"男儿志兮天下事,但有进兮不有止",现在回想起来,真觉得有点可笑。

任何民族任何朝代,都有盛有衰,从大历史的角度看,什么事情皆可以找到合理的解释。强盛时武功文治,开拓边疆;衰败时丧权辱国,割让领土。有能耐欺负别人,没能耐被别人欺负,换一句流行的话,便是落后就要挨打,越落后越吃亏。耿耿于怀没有任何意义,哪个民族都有盛衰,不妨想象盛唐时的情景,这是华夏子孙最容易引起自豪的年代,以当时的国都长安为起点,东至大海,南到五岭,到处一派繁荣景象,百姓夜不闭户,犯罪率极低。商业兴旺发达,出门旅行也用不着自备粮食,在什么地方都可以花很少的钱就能买到。唐太宗介绍自己成功的秘诀,曾说:

> 自古帝王虽平定中原,不能服戎狄。朕才不逮古人,而
> 成功则过之。所以能及此者,自古皆贵中华,贱夷狄,朕独爱

之如一,故其种落皆依朕如父母。

唐朝爱用番将,说明当时不存在什么民族歧视。虽然安史之乱成了盛唐的转折,"渔阳鼙鼓动地来",但是把走向衰弱的责任,推在安禄山、史思明这些"营州突厥杂种胡"身上,并没有说服力。盛唐的繁荣富强和开放的政策紧密相连,没有民族和解,不消除民族隔阂,一个强盛的中国必定是纸上谈兵。在中国的大历史上,没有一个朝代的开放程度能与唐朝相比。关于盛唐的书有很多种,黄仁宇《赫逊河畔谈中国历史》从外国人的著作中,转引了一段很形象的描述:

> 长安不仅是一个传教的地方,并且是一个有国际性格的都会,内中叙利亚人、阿拉伯人、波斯人、鞑靼人、西藏人、朝鲜人、日本人、安南人和其他种族与信仰不同的人都能在此和衷共处,这与当日欧洲因人种及宗教而发生凶狠的争端相较,成为一个显然的对照。

盛唐成了所有中国人向往的年代,在7世纪,华夏子孙走在世界文明的前列,此时的欧洲,正处在所谓中世纪的黑暗年代,而日后给中国造成许多麻烦的强邻日本,还处在蒙昧状态。唐帝国成为地道的超级大国,雍正所说的在清之前,边患问题始终没解决,夷狄"从未能臣服",显然不是事实。检阅中国的历史,凡是胡汉问题解决好的年代,都意味着老百姓有太平日子过;反过来,便意味着国家分裂,战火连绵,民不聊生。一个国家想兴旺发达,天

209

时地利人和,缺一不可。

概括起来说,中国的发展不外乎两个根本原因,一是汉文化的凝聚力,汉字写成经典著作,成为华夏各族治国平天下的指导思想,有了这样的指导思想,入主中原的少数民族会心甘情愿地汉化,汉化是一种显然进步,而中国这个雪球也就因此越滚越大。另一个原因是不断地胡化,即与汉文化之外的文化交流,这种交流不只是赵武灵王的"胡服骑射",更重要的是变西方的文明为中国的文明,例如佛教对中国的影响,这是中国历史上第一次大规模的西化,在南北朝时期,中国虽然处于分裂状态,南北各由汉室和少数民族把持,却自上而下地同时接受了佛教。佛教在中国深入人心,千百年来,除了无数的寺庙和修行的和尚之外,还牢牢植根于中国文人的思想里。

中国知识阶层擅长以汉化的形式来胡化,换句话说,经过改良的佛教已经不是原汁原味。近代的西风渐进,是又一次大规模的胡化,既有文明传教的方式,也有八国联军似的野蛮入侵,不管怎么说,这次大规模西化运动的直接结果,促进了中国的现代化进程。愿意也好,不愿意也好,中国注定摆脱不了来自西方的影响,从天赋人权的资产阶级民主思想,到十月革命一声炮响,送来了马克思列宁主义,东西文化交流碰撞,才造成了今天这样的局面。历史的进程阻挡不了,但是统治者策略上的错误,会延缓历史的进步,或者造成历史的倒退。时至今日,地球已经被描述成一个巨大的村庄,这个提法很浪漫。从历史地理的角度看,背靠欧亚大陆,面对太平洋的中国,在很长的时间内,并没有遇到过来自海外的威胁。大海是中华民族与外隔绝的天然屏障,元灭宋,清灭明,通常都要追到海边,才算把事情真正做完。中国以往的发展和进步,与来自北方或者西北的威胁密切相关,从鸦片战争开始,华夏子孙突然发现来自大海的敌人,倚仗着船坚炮利变得更危险,更具有挑战性。这不一定全是坏事,一个民族只有在危险和挑战面前,才能获得真正的机遇。危险和挑战可以成为促进自我完善的兴奋剂。

雍正做皇帝的时候,一个有皇族血统的亲王突然对基督有了浓厚的兴趣,与皇上依依不舍打发金发碧眼的洋人美妞一样,亲王很为难地将小老婆统统打发,因为根据教义必须是一夫一妻制。这并不是件容易的事情,妻妾成群是中国成功男人的一个标志,打发小老婆在具体操作方面,会遇到许多问题。然而这毕竟还是次要,更严重的是亲王自甘堕落地成为一名异教徒。是可忍,孰不可忍。于是内务府做出一项严厉的决定,将已身亡的亲王尸骨掘出焚烧,超过十五岁的亲王后代一律处死。对皇亲国戚做如此重的判决,今天听起来,真有些骇人听闻,而骇人听闻在中国大历史上并不少见。

2000 年 7 月 6 日于河西碧树园

# 西津古渡

　　到了镇江,如果觉得肚子饿,先去吃一碗锅盖面。民以食为天,人是铁饭是钢,吃饱了才有劲,才能干好正事。你可以找个熟悉的当地人询问,哪家面馆人气最旺,哪家锅盖面最地道,最具有代表性。也可以不求人,借助手机上网搜索,求助百度浏览点评,这样的面馆应该有很多,很可能就在你身边。据行家介绍,现如今镇江的锅盖面馆不少于两千家,其中大约只有五十家,味道才能称为正宗。不少吃家到镇江玩就为了吃一碗锅盖面,这才是真正的大众美食,价廉而物美。江苏境内要评最好面条,锅盖面一定榜上有名。

　　有一碗锅盖面垫底,可以直奔西津古渡了。到镇江,不吃锅盖面,不看一眼西津古渡,基本上算是白来。再做个减法,锅盖面也可以不吃,西津古渡不能不看。为什么呢,因为这里有着真正的中国文化,而且还是文化中的精华,温故可以知新,访古能够得道,西津古渡是个很好的历史标本,是一块年代久远的活化石,你来了竟然不看一眼,太可惜。

当然,如果时间来得及,你也可以顺带去别处看看。镇江的好风景差不多集中在一起,沿长江一字排开,最适合时髦又实用的一日游。现代化的交通便利,能让你不经意间,最大附加值地看到很多风景。你不妨先去焦山景区,匆匆看一眼《瘗鹤铭》,中国书法史上有着特殊意义的一块碑,笔法之妙为"书家冠冕",对后来的书法影响巨大。焦山碑林在全国排名第二,能紧随著名的西安碑林排在老二,可见收藏丰富,同时又必须精益求精。看过大名鼎鼎的《瘗鹤铭》,你便可以飘然而去,接着上北固山。北固山上有北固楼,何处望神州,满眼风光北固楼,千古江山英雄难觅,当年毛主席他老人家坐飞机经过镇江,看着下面的美丽景色,感慨万千得意非凡,立刻让秘书笔墨伺候,默写了两首宋人辛弃疾与镇江有关的诗词。北固山上还有甘露寺,刘备曾在这里招过亲。如果你更喜欢民间神话传说,干脆再接着去金山,在金山寺烧一炷香,想象一下许仙,想象一下白娘子,想象一下法海。法海是金山寺的开山祖师,他居住的地方叫"法海洞"。

然后你就应该去西津古渡了。说起镇江,最应该向大家隆重推荐的一定是这个地方。还是那句话,你可以不吃锅盖面,不喝恒顺的老陈醋,甚至不去最著名的那三个"山",但是一定要去西津古渡,这里才是重点,才是最大的代表,你一定要去。也不用往太远处引用,就说说唐诗宋词,有意无意间,你肯定会遭遇这个西津古渡。一个古字不是随便说说就是,没有响当当的来头不配称之为古。说中国历史,谈华夏文化,没有名人便没办法说事,李白、杜甫、白居易、王安石、辛弃疾,反正古诗词里能留名的那些显赫人物,南来而北往,都会在这儿留下他们的足迹。人过留名雁过留声,遥想当年,一个历史上查不出生卒年份的唐诗人张祜在这儿候船,闲极无聊,靠吟诗打发时光,在墙壁上涂鸦抒发情怀,结果一不小心,便留下了一首千古绝唱:

金陵津渡小山楼,一宿行人自可愁。

潮落夜江斜月里,两三星火是瓜州。

西津渡又名金陵津渡,为什么会有这样一个名字,后人真还搞不太明白。百度有解释,说"唐朝镇江名金陵,故称为金陵渡",显然有点不靠谱,唐人写镇江的诗很多,把镇江称为金陵的例子并不多见,同时期写南京的唐诗很多,说起金陵都是特指南京,譬如李白《金陵酒肆留别》"金陵子弟来相送",毫无疑问与镇江无关。金陵是南京,金陵渡在镇江,完全两回事,千万不要搞错。起个名字固然有原因,也用不着太较真,名字就是名字,后人不知道就不知道,弄不清楚也没多大关系,牵强附会反而错上加错。上海、天津、武汉的最繁华地段,都有南京路,"南京"二字没什么特别意义,也就是一个民国特色的取名而已。

为了更好地了解西津古渡,你最好能够看一眼中国地图,看一看滚滚长江如何向东流。人们印象中,万里长江像一条龙,从西边蜿蜒过来,一路向东,很少有人会去想,它最北面的位置在什么地方。当然是在长江下游,就在江苏境内,就在镇江。镇江是长江的最北端,从江西的九江开始,长江以一个很大角度向北偏移,这意味着镇江像个牛头那样,有力地顶向了北方。西津古渡恰恰在这个关键位置,就在牛角尖上,它是整个江南的最北,在纬度上,甚至要比安徽的省城合肥更偏北。合肥早已远离长江。说它属于北方城市也算不上什么大错,近现代历史上的当地名人李鸿章李合肥,段祺瑞段合肥,习惯上都觉得他们已是北方人。

若没有中国文化知识,不知道历史和地理,没时间概念,没空间意识,西津古渡的意义会大打折扣。除了一条仿旧的石板古街,一家家砖木结构的店铺,一栋栋飞檐雕花的客栈,一座元朝的古塔,一些洋人留下的老房子——那是英国人的领事馆,还有一大群见了生人都不知道害怕的野猫,你可能什么也没看到。你会想不明白地追问,长江在哪儿,古渡口又在哪儿,为什么这些似曾相识的旧门面、旧街道,就应该具有特殊意义。名人走过的地方太多,到处都可能有他们留下的印迹,不就是一个准备过江的古渡口吗?不就是留下几首大家会唱的古诗词吗?万里长江能过江的地方太多了,凭什么就应该这个渡口最有名气?

好吧,那只能再往前说,晋楚更霸赵魏困横,事实上西津古渡的重要性,直到东晋南迁,才真正开始体现出来。永嘉之乱让司

215

马氏的王朝摇摇欲坠,中原开始水深火热。大批北方难民纷纷逃往江南,其中有个叫祖逖的好汉,率亲族宗党几百家一同南迁。那时候,坐镇南京的琅邪王镇东大将军司马睿俨然成为朝廷代理人,他任命祖逖为徐州刺史,这显然是个虚空头衔,不过是做人情封官许愿。因为此时北方的徐州早已落入敌手,是沦陷区,祖逖人在江南,只能望江兴叹。

第二次世界大战爆发,法国的戴高乐将军逃到英国,组成了流亡政府,那时候好歹还有人、有钱、有枪,还有同盟国做后盾,祖逖的境遇相差太多,没人、没钱、没装备,基本上就是一个光杆司令。司马睿发给他一千人的食粮和三千匹布,让他自己渡江去招募军队,能做到哪一步算哪一步。几乎是以卵击石。结果祖逖不畏艰难,不怕流血牺牲,从西津渡出发了,渡江北上,船行至长江中间,面对浩瀚江水,他敲着船桨说:

祖逖不能清中原而复济者,有如大江!

他的意思是说,如果不能收复中原,我就不再回来了。这便是著名的典故"中流击楫"。多少年来,人们很少去追究此次北伐是否成功,甚至对祖逖具体在什么日子渡江,也没有确切记载。

对于中国人来说,表现的只是一种精气神,东晋南迁开始了长达二百六十多年的南北大分裂,"风萧萧兮易水寒,壮士一去兮不复还","中流击楫"传承了荆轲的精神。发生在镇江江面上的这个故事,不仅有勇士赴汤蹈火的壮怀激烈,在中国大历史上,还体现了汉族文化以中原为核心的王道思想。诸葛亮《后出师表》的所谓"汉贼不两立，王师不偏安"，并不是尖锐的民族矛盾，不过是把与"汉朝"相对峙的政权称为贼，更多的是一种权力冲突。东晋南迁之后，尤其是南宋仓皇北顾，权力斗争已演变为一种激烈的民族对抗，习惯于强势的中原汉族政权转为劣势，处于明显下风，镇江的军事桥头堡作用立刻彰显出来。退必须守进可以攻，镇江在，江南还在；镇江一失，江南不保。

战乱年代如此，和平岁月也一样重要，这里是江河要津，对面就是北方大运河的入口，我们都知道，大运河是古代中国的经济命脉，北往南来，你都得从这个运输的大枢纽走过。西津古渡自始至终离不了一个实用，如今的实用当然变得不实用了，交通上的重要地位不复存在，功能完全改变。事实上，西津古渡已沦为摆设，只是一个人文景观，正在派着别的用场。

西津古渡成为一块文化上的金字招牌，成为穿越时空的一个门洞或者一扇窗户。我们都知道，所有的访古注定都会有现实意义，长话短说，还是那句广告词，到镇江旅游，西津古渡一定要去。在这儿你会遭遇摆脱不了的历史，这个历史中不仅有遥远的过去，很可能还会有未来隐约的身影。

2014 年 10 月 31 日于河西

# 蔡公时的意义

蔡公时先生生于 1881 年，我对这一年总是有着特殊记忆。这一年是鲁迅出生的年份。一个小说家对历史有兴趣，想起近现代史的人物，忍不住就要用自己熟悉的鲁迅为参照。譬如想到甲午海战，那一年鲁迅十三岁，一个十三岁的孩子会如何看待这场战争。又譬如到了辛亥革命，鲁迅正好三十岁，这一年，他又做了什么，岁数相仿的年轻人又怎么样。

甲午海战是中国近现代史上非常重要的一个节点，毫无疑义，十三岁的孩子弄不明白来龙去脉。对于鲁迅来说，祖父下狱父亲病重，家道中落，他充分感受了世态炎凉。有关蔡公时青少年时代的文字记录很少，能想象的就是这些十三岁的孩子，对日本的认识完全取决于周边人的态度，大人们会怎么议论，私塾老师会怎么说。

十年以后，蔡公时和鲁迅都到了日本，几乎同时进入弘文学院。这时候,他们已是二十岁出头的年轻人。弘文学院有点像日本人办的新东方,属于日语速成学校,或许留日学生太多的缘故,来自江西的蔡公时与来自浙江的鲁迅,并没有在这儿结识。1928年,蔡公时在济南取义成仁,鲁迅似乎也没留下任何文字,这非常遗憾,因为我们没办法知道他当时对这个重要事件的看法。

甲午中日之战改变了中国的命运,让国人充分意识到自己的不足,意识到要打仗,光靠嘴狠是不行的,光靠生气也是不行的。战争有时候避免不了,打铁还需自身硬,这一仗的结果,是台湾割让了,大把的银子赔了。然而中日之间的对立情绪,还远没有后来那么严重。中日关系越来越坏,仇恨越来越深,变得你死我活,非要再打一场大战决定生死,那是后来的事。当年很多年轻人,对清政府未必有多少好感,对小日本也谈不上恨之入骨。人心在思变,无论朝廷还是民间,都觉得应该虚心向日本学习,都觉得到日本去,能学到一些先进的东西。

留学日本是那个年代很亮丽的一道风景线,中国的革命党人,绝大多数都和日本有关,这里面不外乎两个原因,一是因为革命,反抗清政府,被迫流亡到了东洋;一是受流亡的革命者影响,在日本的青年学子纷纷参加同盟会。一般来说,与留学欧美的学生相比,留日的年轻人要激进很多。徐锡麟和秋瑾是留日学生,陈独秀和李大钊是留日的,汪精卫和蒋介石也是留日的。汪精卫后来成了大汉奸,但是"引刀成一快,不负少年头"这两句诗大家都应该知道。

和鲁迅一样，蔡公时也是在日本参加了同盟会，要比较革命资历，贡献比鲁迅大得多。鲁迅只是普通的同盟会会员，用今天的话说——一名革命群众。蔡公时是货真价实提着脑袋干，早在辛亥革命前，就追随黄兴参加钦廉之役，参加镇南关起义。辛亥革命军兴，留日的江西学生李烈钧成了江西都督，蔡公时是江西军政府交通司司长，此时的鲁迅只是绍兴县城一名中学教师。用比较通俗的话来形容，当时的蔡公时已经当上局级干部，有了做官僚的资本。

从 1912 年到 1926 年，鲁迅当了十四年的科级小公务员，而这个阶段的蔡公时，一直追随孙中山。二次革命讨袁，亲至湖口前线作战。二次革命失败，被通缉，又流亡日本。护国运动，护法战争，蔡公时始终跟在孙中山后面，曾在广州的大元帅府给孙中山做过秘书，是孙中山弥留之际亲睹遗容并聆听遗言的几个国民党人之一，在党国元老中德高望重。拼资历，蔡公时比不上汪精卫，但起码要比后起之秀的蒋介石强。

到 1928 年，南方的国民政府北伐，国民革命军势如破竹，大胜北洋军阀，很快攻入济南。这时候，蒋介石手握军权，成为最有实力的第一号人物。自古两军对垒，都在淮海一带决战，逐鹿中原，谁赢，谁就可以得到天下。只要拿下徐州，攻入济南，继续挥师北上，平定北京指日可待。然而也就是在这个节骨眼上，日本人开始捣乱,在中国的领土上,借口要保护侨民,公开出兵占领济南。说起来真够窝火,本来只是中国人在内战,日本人非要横插一杠。从内心深处来说,日本不希望北伐成功,不希望中国统一,不愿意中国强大。不管是面对北洋军阀政权,还是面对南方革命政府,日本人首先考虑的是在华利益,是利益的最大化。

两军对垒,难免擦枪走火,北伐军的军歌是"打倒列强,除军阀"。一年前,国民革命军攻入南京,发生了北伐军人和当地流氓参与的暴力排外事件,造成各国外侨九死八伤,其中死者就包括一名日本人,日本领事馆也在此次事件中遭洗劫。结果导致英美军舰开火,日本海军陆战队遵照日本政府的训令,没有进行抗击,并拒绝参与英美的行动,而负责保卫领事馆的海军少尉荒木,感到未能完成护卫使命而自责,剖腹自杀。此事在日本引起巨大反响,一年后在济南,尽管国民革命军已经事先做了防范,要求严格约束部下,情况却变得完全不一样,日本人突然变得强硬起来,而且非常蛮横,说干就干,直接出兵干涉。

蔡公时临危受命,出任国民政府外交部山东交涉员,在刚接手工作的第二天,日军便持械进入交涉公署,置国际公法于不顾,蓄意撕毁国民政府的青天白日旗及孙中山画像,强行搜掠文件。为避免事态扩大,蔡公时据理力争,谴责日军破坏国际法,结果被捆绑的"各人之头面或敲击,或刺削"。蔡公时耳鼻均被割去,血流满面,临终前怒斥日军兽行,高呼:"唯此国耻,何时可雪!"从此,这个殉难画面被定格,成为济南五三惨案中最为悲壮的一幕,它彻底颠覆了中日关系,而蔡公时与济南这个城市再也分不开。

　　事实上,由于此前签订的一系列不平等条约,发生在济南的中日冲突有其必然性。此次冲突,日方死亡军人达二百三十名、平民十六人,中国方面死亡高达三千人以上。十三年前,袁世凯在不得不签订卖国的《民四条约》以后,曾将签订条约的日期定为"国耻日",民间老百姓弄不太清楚"民四条约"与"二十一条密约"的关系,只是一味抱怨不应该签订。《民四条约》给了日本人法理上的依据,它埋下了祸根,成为中日冲突不可避免的死结。济南惨案之后,蒋介石在日记中写道:"身受之耻,以五三为第一,倭寇与中华民族结不解之仇,亦由此而始也!"据说此后蒋介石的日记中,"雪耻"二字不断出现。很显然,济南惨案后果非常严重,甲午以来中国人遭受的耻辱记忆,被立刻唤醒,被迅速放大,中日双方的极端民族主义情绪,经此事件也变得不可调和,它其实就是此后的"九一八"事变、"一·二八"抗战、长城抗战、卢沟桥事变、"八一三"淞沪抗战的先声。

　　蔡公时惨死是野蛮时代的一个见证,对后世有着永远的警示作用。公理何在!公法何在!是可忍,孰不可忍!在文明社会,很显然,公理和公法一旦缺失,人就有可能成为野兽。蔡公时本着一种和平意愿,以协商的态度,以谈判的方式,结果却是在济南殉职。他的死不只是中华民族的耻辱,也是日本民族的耻辱,同

222

时是"正派人难以想象的"全人类的耻辱。蔡公时的惨死给刚成立的南京新政权敲响警钟,让国民政府放弃了对日希望,丢掉了与其合作的幻想。与英美相比,日本才是更大的更危险的敌人。历史地看,小不忍则乱大谋,国民革命军并没有因为蔡公时的惨死,就匆匆与日军在济南决一死战,而是主动放弃济南,牺牲济南,忍辱负重绕道北上,最终完成了北伐大业。那年头,还不流行核心利益一词,然而很显然,对于当时的国民政府来说,完成北伐统一全国,就是最大的核心利益。

济南惨案在事后,中日双方都有过主动放大的企图,都在这件事上大做文章,都在宣传上极力渲染己方无辜与对方野蛮,双方民族情绪均经此事变被点燃。中国老百姓绝对不会想到,明明是我方吃了大亏的济南惨案,明明是蔡公时等被割耳、削鼻,尸体被焚烧,在日本国内竟然会激起反华的舆论浪潮。据当时南京国民政府驻日特派员殷汝耕报告:"此间关于济南消息日渐具体化。我军对日侨剥皮、割耳、挖眼、去势、活埋、下用火油烧杀、妇女裸体游行当众轮奸等事,日人言之凿凿,其所转载京津、伦敦、纽约各外报亦均对日同情,归咎于我。"面对这种恶意宣传,南京政府也意识到"用事实宣告全世界"的重要性,国民党上海党部立即成立了一个专事针对日本的国际宣传部门,用今天的话说,双方都在炒作济南事变,要让国际舆论站在自己一边。

江西同乡李烈钧把蔡公时称为"外交史上第一人",国民政府要人纷纷题词纪念。于右任题词"国侮侵凌,而公惨死,此耳此鼻,此仇此耻。呜呼泰山之下血未止",冯玉祥题词"誓雪国耻",李宗仁题词"民族精神,千古卓绝"。蔡公时的血不会白流,对他的纪念在当年很隆重,为勿忘国耻铭记历史,1929 年 5 月,山东省政府在泰安岱庙竖一石碑,四棱锥体形,上刻"济南五三惨案纪念碑"九字。济南建起一座"五三亭",在时任省教育厅长何思源的提议下,当时山东省内各县几乎所有的公学都建立了纪念碑。

时至今日,尽管很多人可能已不知道,蔡公时纪念馆仍然是济南最重要的人文景点。作为一种历史记忆,它始终在提醒人们什么叫国耻。忘记过去意味着背叛,这句话的另一层含义,是必须有一个准确的记录,要让真相昭告天下。不管怎么说,无论什么样的理由,中日之战都是人类历史上的一场悲剧,都是文明社会的惨痛教训。重温历史不难发现,1928 年济南惨案后的中日关系,从官方到民间,双方都存在着必须一战的心理,走向战争几乎完全不可避免,官方利用着民意,民意又绑架了官方。中方虽然一直处于守势,最重要原因不是不想打,而是国力太弱,内乱不止,知道自己暂时还打不过对方。事实上,自济南惨案开始,抗战时代已悄悄开始,战争机器已启动。有一种思路始终被鄙视,被唾弃,无论日本还是中国,主和的观点都会被认为是反动,违反了历史潮流,不符合主流民意。

现如今的济南蔡公时纪念堂,供奉着一尊烈士全身铜像,这是以陈嘉庚先生为代表的南洋各界同胞捐款铸造,1930年的原物,历经了很多故事,直到七十多年后,才从遥远的南洋运到济南。早在1928年,徐悲鸿画过一幅《蔡公时被难图》,曾在福州展览,十分轰动,可惜战乱不断,原画不知所终。当时国民政府要员的题词,也因为这样那样的原因,手迹早已不复存在,如果保存下来,都是非常好的文物。最可惜的当然是烈士遗骸,蔡公时殉难,日军为掩盖罪行,毁尸灭迹,将同时枪杀的十余人遗体进行焚烧。后人曾发现烧而未化的头骨四只,还有脚手骨和肉炭等,都是惨案中遇难的外交人员尸骨,这些残骸被装入皮箱,寄存在南京国民政府外交部地下室。

　　1937年,中日全面开战,外交部撤退重庆,没将烈士遗骨带走。1946年还都南京,放在地下室内的烈士遗骨已不见踪影。有传言说,遗骨被日军发现,为毁灭枪杀外交人员的证据而再度被毁。还有一种说法,国民政府仓促撤退,小偷光顾外交部地下室偷走皮箱,发现是一箱骨头,便把箱子丢弃路边或扔到了江中。

2015 年 7 月 3 日于河西

# 1929年，美国人怎么看蒋介石

美国人怎么看蒋介石并不是一成不变的。1929年，在南京的美国领事馆官员通过他们的观察，给远在北京的大使写过一个报告。这个报告今天读起来，有点滑稽，有点荒腔走板，又非常有意思，读着读着，当年的历史情景扑面而来。

1929年的蒋介石可谓春风得意，尝足了"枪杆子里出政权"的甜头。此时此刻，国民革命军北伐已经成功，中国自古就有"皇帝轮流做，明日到我家"的说法，蒋介石忽然登上了权力顶峰，这个确实出人意料，别人想不到，蒋自己也未必能想到。吊民伐罪，周发殷汤，说到底，天下都是打出来的，成王败寇，最后的胜利者永远属于正义之师。

还是先聊聊历史。先说1895年，这可以说是中国人最沮丧最难堪的一年。中日大战虽然发生在前一年的甲午，真正投子认输，有条件的投降，让大清签下丧权辱国的《马关条约》，却是在这

226

一年 4 月。因此在 1895 年,一方面是恨悠悠赔款割地,另一方面是气鼓鼓小站练兵,前者是为过去的无能买单,后者是为未来的崛起做准备。

小站练兵成全了一位响当当的人物,这就是一代枭雄袁世凯。小站练兵聘请的是德国教官,一招一式都学习德国,最终也没有学像,可是军权在手,拥兵可以自重,一不小心就得到了天下。机会来得很突然,袁世凯并不是小站练兵第一人选,他不过是接替了胡燏棻,结果到后来,没人再知道这个胡什么棻是何许人,猛一看还以为是个女同志呢。

黄埔军校的结局也有点相似。1924 年,蒋介石并不是南方革命党中的最高军事将领,要说地位,有个叫许崇智的明显比他高,年龄大一岁,处处要压他一头,学历资历都比蒋强。黄埔军校筹办之初,孙中山想让程潜当校长,蒋介石只是副校长人选,后来阴差阳错,仿佛袁世凯接替胡燏棻一样,蒋介石顶掉了程潜,成为黄埔军校的实际领导者,成为名副其实的"校长"。后果总是难以预料,谁也不会想到最后会有那么惊人的回报,没有小站练兵袁世凯做不了民国首任大总统,没有黄埔军校就没有国民党的天下。

还是让我们看看 1929 年身在南京的美国领事如何描述蒋介石吧。这时候,国民政府已成立,东北张学良已经易帜,北洋军阀这一页算是彻底翻过去,美国领事对蒋介石的评价,其实是对中国新政权的评价。美国人很看重出身,在教育背景这一栏上,说

227

蒋毕业于保定军官学校,留学日本东京军事学校,长于陆军,曾在俄国待过一年。这些介绍要说对,大致有那点意思,要说准确,便有些离谱。

关于蒋介石的文凭之伪,早就有过各种详细考订,是不是货真价实不重要,当年没人在乎这个,文凭永远是个没有用的死东西。值得品味的重点,是说蒋介石在俄国待过一年。这个俄国是苏联,也就是说赤化的共产主义苏维埃。先说有没有,有。时间不是一年,确切地说,三个半月。关于这段俄国经历,大家后来都不愿意提,国民党自己捂着不说,共产党更不愿意说。但是美国人不会轻易放过,在他们看来,这很重要,这意味着蒋介石非常有可能"赤化"。

尽管此时的蒋介石已跟中国共产党翻脸,和苏联的感情也差不多掰了,然而美国领事的判断是这位"聪明的政治家",不仅会"不顾一切揽权谋私",还"与左派重要领导人有密切联系","他的势力将不可限量,他在个人集权的能力方面将超过国内其他领导人"。很显然,美国佬非常担心,担心这个"懂得如何利用别人的偏见、恐惧等个人缺点"的政客,会左倾会赤化,甚至"有可能暗地里仍对苏联友好,对其他国家冷淡"。

冷战是第二次世界大战后的产物,在这之前,反对赤化和向往红色政权,可以是个模棱两可的东西。它很可能出现在同一个人身上,一个人难免忽左忽右,最聪明的人就是左右逢源。美国领事特别强调了蒋介石对日本的态度,这个看法很坚定,认定蒋虽然在日本留过学,深受日本文化影响,但是无疑会"憎恨日本"——憎恨这两个字斩钉截铁。

为什么蒋介石会憎恨日本,美国领事在给大使的报告中并没有详细说明,只是根据语调,相信自己的判断绝对准确,是有可靠的情报支撑。从地缘政治上看,中国人仇恨日本人显而易见,甲午割岛之恨记忆犹新,然而对俄国的态度,按说也不应该好到哪里,毕竟老毛子从中国版图上,割去了更多的宝贵领土。蒋介石"曾在俄国待过一年",不能说明任何问题,不足以证明他就应该亲俄,事实上,蒋在日本待过的时间更长。

1929年以后的中国,究竟会怎样发展,美国人其实真看不透。在南京的美国女作家赛珍珠对蒋介石就喜欢不起来,她看到了一个大搞拆迁的国民政府,好大喜功追逐时髦,新的首都计划正在改变南京,南京这个城市正在向国际化大都市看齐。未来几年的快速发展,足以让世界惊叹,但是有一点美国人没看走眼,那就是这个国家很不太平,民不聊生,而蒋介石个人的权力欲望又太强烈。美国人相信,蒋举足轻重的地位,并不能代表他就能把贫穷落后的中国,顺利地带入现代化,说到底,蒋介石既是"温和派和自由主义者之间的关键角色",还是一个独裁者,或者说是一个独裁的向往者,他本身就是中国政局最不确定的因素之一。事实上,无论向左还是向右,这个国家与法治都格格不入,依然在走着人治道路,离真正的强大还有很大距离。

2015 年 2 月 6 日于河西

# 不重要的谭延闿

    1921年,上海塘山路东头寓所,韬光养晦的谭延闿先生,正在一遍遍临《麻姑碑》。根据他弟弟谭泽闿的描述,这位未来南京国民政府名义上的最高元首,第一任的行政院长,平生共临写颜真卿的《麻姑碑》二百余通。谭延闿的书法在民国时期名声很大,号称楷书第一。新旧两派都很看好这个人,有科举的功名,老派人眼里这很重要,又有老革命的资历,当过好几任的湖南都督,省长督军都干过。

    俗话说,成名也要趁早,要说岁数,谭延闿只不过比鲁迅大一岁,在1921年,四十不惑的鲁迅靠几个小短篇刚有点小名声,第一本小说集《呐喊》还未出版,此时的谭延闿已经在考虑退隐江湖。提起此马来头大,往前看,谭延闿点过翰林,一生都在与时俱进。大清想改革,是立宪派的重要人物。辛亥鼎革,又成为革命元老。每逢历史关头,或多或少都能见到他的身影,二次革命,倒袁,提出了"湘事还之湘人"的口号。再往后,追随孙中山,与汪精卫合作,跟蒋介石结盟,似乎永远也不曾落伍。

据说连孙中山都想跟他做连襟,让自己的小姨子宋美龄嫁给谭延闿,如果真这样,仿佛鲁迅与许广平的故事,谭延闿大鲁迅一岁,宋美龄也大许广平一岁,还真能成为另外一番佳话。与谭延闿相比,后来叱咤风云的蒋委员长,当时还是个微不足道的小角色。然而谭延闿一生的成功,更多的不是进取,而是十分巧妙的后退,是以退为攻。

1921 年是中国历史上非常重要的年份,这一年,共产党诞生了。作为一个喜欢阅读闲书的人,我对共产党的诞生有着浓厚兴趣,有许多想不明白。想不明白是我们乐意多读书的一个重要理由,譬如当时非常重要的一些人物,并没有参加共产党的第一次代表大会,像李大钊,像陈独秀,像蔡和森,这些人不约而同都是派年轻的"代表"参加,一大代表大会的十三个代表中的张国焘,还有陈公博和毛泽东,都是最好的例子。没有参会的陈独秀被选为总书记,这个领导人选,开会前有过多次讨论,结果也简单,一定会选个相对重要的人物。

事实上,当时很多社会名流都对共产主义有过兴趣,孙中山和蒋介石就很认真地研究过。又譬如戴季陶,蒋介石那位把兄弟,蒋纬国的生父,最初的"中国共产党纲领"就是这人起草的。然而戴季陶不愿意成为中共的领导人,因为他所追随的孙中山不赞成。与谭延闿一样，戴季陶喜欢后退，也属于那种天生应该进政协的人，总是有意无意地让自己的重要，变得不重要。他们身处乱世，才华过人，注定会有一番作为，很轻易地就获得了名声。能够干实事，又相当收敛，并没有太大的野心，既不是陈胜吴广，更不是项羽刘邦。

1928年，国民政府在南京成立，实行五权分立，所谓五权是指行政、立法、考试、监察、司法，谭延闿携手戴季陶，分别担当首任行政院长和考试院长。戴季陶干了二十年的考试院长，也就是个摆设，干不干活儿都一样。行政院长相当于日理万机的国家总理，不能玩虚的，谭延闿干不了，因此很快就让贤，专心当他的国府主席。

国民政府成立之初，南京的美国领事很关心茫茫中国会往何处去，在描述谭延闿对美国的态度时，用了两个字"友好"，为什么是友好，没有进一步说明，只有一句补充，说他"除日本之外，对他国均友好"。提到蒋介石的才智，美国领事评价是"非常高，是一个非常聪明的勇士，一名机敏的政治家"；而说起谭延闿的才智，给的分数却是最简单的"不明"。寥寥数语，淡淡几句话，把谭延闿这个重要人物的不重要性，全部揭示出来。谭延闿究其一生，究竟做成了什么大事，说不清楚，可是一生地位显赫，位极人臣，死后享受非常隆重的国葬。从玩政治的角度来说，在朝在野，谭延闿都可谓极度成功，他把自己的不重要玩到了极致。

一个人,不能把自己太不当人,又不能太把自己当人,这是很值得玩味的中国哲学。在这方面,蒋介石的心胸,汪精卫的气量,远不能和谭相比。谭延闿被誉为"药中甘草",甘草并不名贵,素有"百药之王"之誉,有调和各种药材的功能,仿佛麻将牌中的百搭。他还有个诨号是"混世魔王",我们说一个人会玩,其实就是说会混,对此谭也公开承认,人生难得糊涂,混也是一种境界,"混之用大矣哉"。

谭延闿的字光明正大,锋藏力透气格雄健。有一年陪汪曾祺先生去中山陵,汪说了两个典故。一是他读中学,举行中国童子军大检阅仪式,亲眼看见担任检阅长的桂永清,一路正步走,走上中山陵向蒋介石敬礼;一是指着"中国国民党葬总理孙先生于此"几个字,特别强调它们是原大,是直接手写,像这样的"擘窠"大字,一般人没功力根本写不了。

谭延闿墓离中山陵不远,随着岁月流逝,很多人不知道他是谁,都问这家伙何德何能,如何会有这么高的规格,都快赶上帝王陵了。曾有过一种传闻,说谭延闿墓前的各种石器,"祭台、石兽、经幢、华表等皆北平古物",具体出处有些模糊,民间传闻是来自清代大臣肃顺的墓道,也就是那位死于慈禧之手,咸丰帝驾崩前受命的赞襄政务王大臣。事实究竟如何,有不少争论,考证文章也有过几篇,结论基本上已有,"北平古物"没有争议,只不过不是从肃顺的墓道上搬来,而是圆明园的旧物。至于它们怎么转手,

234

如何颠沛流离，最后迁徙到这里，就不得而知了。

2015 年 2 月 10 日于河西

# 考试院长戴季陶

　　戴季陶与胡适同年,属兔子,祖籍浙江,出生在四川。中国人喜欢拿名人说事,喜欢追根溯源,按过去的惯例,似乎籍贯更重要,譬如说到胡适,常常认为他是安徽人,说到沈尹默,认为他是浙江人。事实上,胡适出生于上海郊区,沈尹默出生于陕西汉阴,都是生于斯长于斯。

　　如果谈论同乡会,反正拉帮结派,拉有钱的有名的主儿,无所谓也较不了真,用不着太多商榷。如果真想了解一个人,光讨论祖籍就不合适,我没听过沈尹默说话,胡适的录音听过,有很浓重的上海腔。因此很多文章说戴季陶是浙江人,是蒋介石的把兄弟和老乡,我更愿意强调他是四川人。同样道理,胡适应该是上海人,沈尹默应该是陕西人。一方水土养一方人,人生中的生长环境,周围人潜移默化,远比写在纸上的祖籍更重要。

　　戴季陶十四岁去日本留学,是法政大学的学生。这个法政大学与时俱进,专为中国人设置了"清朝留学生法政速成科",具体什么课程说不清楚,反正人才济济,官费生自费生,大都和朝廷过不去。国民党中许多大佬都是它的毕业生,像汪精卫,像宋教仁,像胡汉民。近朱者赤,戴季陶跟这帮人混在一起,很容易就成了一名革命者,成为推翻清王朝的急先锋马前卒。1910 年,二十一岁的胡适才去美国留学,留学归来的戴季陶已在清政府的通缉下东躲西藏。

留日和留美形成两种不同文化,留美学生以胡适为代表,态度温和向往自由,常常光说不练。留日学生容易成为革命者,搞暗杀,扔炸弹,玩飞行集会,动不动就来真格的。1912 年,戴季陶写过一篇十分激烈的文章,大声疾呼:

> 熊希龄卖国,杀! 唐绍仪愚民,杀! 袁世凯专横,杀! 章炳麟专权,杀! 此四人者中华民国国民之公敌也。欲救中华民国之亡,非杀此四人不可。

四个该杀之人,袁大总统不算,其他三位基本上算文人。熊希龄科举出身,中华民国正选的第一任总理。唐绍仪是留美学生,中华民国临时政府的第一任总理。章太炎是老革命,国学大家,在日本待过好多年。这样声嘶力竭地喊"杀",除了极端,就是幼稚,当然也可以说,极端就是幼稚。

戴季陶后来送给小自己六岁的周佛海一副对联:困学乃足成仁,率真未必尽善。一直觉得这是他的自况。先说困学。戴季陶年轻时最喜欢干的活儿是起草文件,平心而论,他肚子里还是有点学问,天生的秘书材料,当过孙中山大元帅府秘书长,当过国民党宣传部长,当过黄埔军校第一任政治部主任。作为国父的大秘,中山先生一死,解释三民主义,他理所当然地成为权威。

除了不遗余力解释三民主义,戴季陶在共产主义的理论方面,一度也是很有贡献。戴季陶起草了最初的"中国共产党纲领",说是共产党创始人之一绝不为过。可惜我对理论一向模糊,逻辑思维永远混乱,因为被稍稍一绕,立刻晕头转向,对戴那套学说,对所谓的"戴季陶主义",完全弄不明白。当然,戴季陶自己也未必真弄通了那些主义,他后来又成了反共专家。虽然是文人,1948年12月,毛泽东宣布了国民党的四十三名战犯,戴季陶排名第十六位,是这名单上第一个离世的人。战犯名单宣布一个多月,他在广州仰药自尽。

困学不一定是坏事,胡适要大家"多研究些问题,少谈些主义",戴季陶肯定不赞成这观点。主义是他的命根子,不管怎么说,他属于那种有点理想的人,人生观很坚定。好像还信佛,喜欢说禅,虚的东西玩多了,把自己绕进去就很正常。其实戴季陶也明白,生逢乱世,"百万锦绣文章,终不如一枝毛瑟","举起左手打倒帝国主义","举起右手打倒共产党",空喊口号没有用。空喊和极端没什么差别,往好里说,是任性,是率真,永远到达不了至善的境界。都说好死不如歹活,失望透顶的戴季陶最后困学成

238

仁,不愿意跟国民党一起败走台湾,想回四川养老,又明白这绝不可能,共产党饶不了他。

国民党在南京得到江山后,戴季陶以进为退,干了二十年的考试院长。很长时间,我不明白这考试院究竟是干什么的。西方国家三权分立,国民政府觉得不够,行政、立法、司法三院之外,叠床架屋,又增加了考试和监察两院,这就好像增加了组织部和纪委。考试院的职责,是掌管国家人才的考选与任用,凡国家官员政府公职人员,各专业部门专业人员,都必须通过考试院考试选拔。名义上"为国举才",体现公平和公正,然而也是说说而已,国民党玩党天下,靠的是中统和军统,人事制度自有一套,这考试院到底还是个花架子,说起来好听,摆在那儿好看,对党国真正能起的作用非常小。

1949年后,国民政府考试院旧址,成了南京市政府所在地。外地文化人来南京游玩,如果可能,我很乐意推荐两个景点,一是夫子庙的贡院,一是考试院旧址。参观贡院,可以知道封建时代十分辉煌的科举,最后如何没落;看了考试院,会明白如今有点时髦的"民国范儿"很不靠谱。民国说到底,没多少太平日子,北洋政府,国民政府,内战,抗日,又内战,打来打去,怎一个乱字了得。考察中国历史,有时候很伤感,所谓好日子,不过是太平而已。

上有天堂下有苏杭,不是苏杭有多好,而是说那里很少打仗。人生一世,不一定遭遇盛世,最好别碰上乱世。一打仗,困学也好率真也罢,再好的日子都到尽头。其实戴季陶真去了台湾,也没什么不好,国共两党的高级干部,国民党虽是输家,可是到最后没搞"文革",安度晚年者并不少,百岁老人就有好几位。戴季陶生于1891年1月6日,按阴历还在寅年,如果这样,他应该属虎。可惜一时找不到年谱,只能请专家来进一步订正。

2015年2月25日于河西

# 吴佩孚眼里的张良

　　五四运动后来地位会那么高,这是当时绝对不能想到的。冲锋陷阵的都是年轻人,一大帮热血沸腾的小伙子,想闹的闹,能冲的冲,敢打的打。背后当然也有人指使,有老家伙在出谋划策,但是到最后,大浪淘沙,出风头的就剩了两位,一位傅斯年,一位罗家伦。后宫佳丽三千人,三千宠爱在一身,凡事都喜欢有个代表,真当上什么代表,常常可以攫夺大功为己有。

　　秦皇岛外打鱼船,一片汪洋都不见。时间能够掩盖许多真相,辛亥革命以后的历史,五四运动的地位显然被拔高了。大家更多的是喜欢拿它说事,一次次借那场运动的酒,浇当下不太如意的愁。人们已经弄不清楚,其实当时最著名的口号,不是"科学和民主",而是"誓死力争,还我青岛"。作为那场运动的代表之一,傅斯年一直引以为豪,别人说他是青年领袖,他也就顺水推舟,当仁不让。二十多年以后在延安,抗日战争胜利前夕,毛泽东

241

与傅斯年见面,两人握手言欢,重温"五四"轰轰烈烈一幕,毛泽东流露出当年的敬佩之情,居功自傲的傅斯年颇为得意,说我们不过是陈胜吴广,你们才是项羽刘邦。

关于这段对话有不同解读,有人认为傅斯年是在自谦,"常言道得好,秀才造反,三年不成",文化人只配捣捣乱,枪杆子里才能出政权。也有人认为是在讥讽,暗指毛不过是《水浒》中占山为王的宋江之流,内心深处并不是真正看得上,傅自己后来也做过类似解释。夸奖也好,讥讽也罢,反正毛并不以为忤,傅向毛求字,毛便随手抄了一首诗给他,其中有两句耐人寻味,"坑灰未冷山东乱,刘项原来不读书",说自嘲也可以,说自谦也不错。

中国古代文化人向来讲究文史不分家,都喜欢通过历史来说事。不熟悉历史就没办法聊天,傅斯年和毛泽东这番谈话,忆往昔峥嵘岁月稠,不谈科学和民主,也不争意识形态,"德先生"和"赛先生"请靠边站,谈的只是天下和江山。

这也就是所谓的煮酒论英雄,说蒋介石和毛泽东的天下之争,举项羽刘邦的例子再合适也不过。最近电视剧《北平无战事》热播,其中一个热议话题是民心之争,潜台词和公开的对白,都有这层意思,当时的国民党输在腐败,败在失去民心。历史究竟怎么回事,三言两语说不清楚,天下英雄谁敌手,有一点可以肯定,那就是国民党最后没有打得过共产党。双方都是豪赌,真枪实弹,打了一场决定生死存亡的大战,谁赢谁得天下,成王败寇。

输了就输了，所谓总结经验都是后话，都是屁话。1934年，失意的直系军阀将领吴佩孚在北平赋闲，有一天，接见了一名春风得意的年轻军官，这个人叫邓文仪，是黄埔一期的学生。作为蒋委员长的手下败将，吴佩孚认栽服输，打不过就是打不过，仿佛一场体育比赛，时间一到，输赢立刻见分晓，比分谁也改变不了。吴佩孚对邓文仪说，蒋介石很可能就是今日中国的汉高祖，言下之意，自己虽然也曾宣威沙场，叱咤风云，结果却是失败的项羽，只差在乌江边自刎。听上去像在夸蒋介石，嘴上认输了，内心深处仍然摆不平，还是有些不服气。

说蒋介石是刘邦，在吴佩孚看来有足够理由。一个小小的青年军官，名不见经传，自1924年在广州创办黄埔军校，到1927年国民政府定都南京，短短三年时间，这个天下的获得之容易，与汉高祖相比确有一拼。问题在于，刘邦的天下到手以后，越来越稳固，而蒋介石的江山却一直处于风雨飘摇中，他统治下的中国危机不断，事实上从来没有真正统一过。

吴佩孚的观点是蒋介石手下没有张良，说起来都还是封建老一套，皇帝虽然打倒，皇权意识一直没有改变。在普通百姓心目中，什么江山呀，什么天下呀，和他们没有一点关系，争来争去都是别人的，剩下的只有朦朦胧胧的爱国。"资父事君，曰严与敬。孝当竭力，忠则尽命。"《千字文》中的这些陈腔滥调早已不太时髦,可是现实中总还会有些冠冕堂皇的大话。吴佩孚的话绵里藏针,意思无非是说蒋介石看上去像汉高祖,看上去像不等于真的就是,为什么呢? 因为他手下缺少张良这样的谋臣。

少年得志的邓文仪并不认为这样,他告诉吴佩孚,说国民党有几百万党员,在民主政党时代,这些人就是"参谋团和智囊团",就是现代的张良,因此党国的前景一定美好。老不跟少斗,吴佩孚非常智慧地回了一句:你的话也有道理,不过只有等到真正的张良出来,你们的民国之事才会有很快发展。

邓文仪比邓小平小一岁,他们是莫斯科中山大学的同学,都曾经是属于或接近张良似的人物。1990 年两人曾在北京见过面,他们当然不会聊到陈胜吴广,可是作为失去天下的一方和得到天下的一方,他们很可能会情不自禁地想起项羽刘邦。"度尽劫波兄弟在,相逢一笑泯恩仇",历史究竟由谁决定,说不清楚。民心再重要,也就是一个用不用、会不会用的问题,如果说吴佩孚老人的话真还有些道理,那么决定国家命运前途的,或许更重要的还是张良们。

吴佩孚把张良的地位提得很高,然而他们毕竟只是千里马,还得要有识货的伯乐才行。韩信曾对刘邦说:"陛下不能将兵,而善将将。"因此,吴佩孚的这番话便有另一层含义,作为国家最高领导人,会不会用张良,比有没有更重要。张良集团中有一个很

244

重要的人物萧何,成也萧何败也萧何,真用人用错了,不是一件小事。

2014 年 11 月 29 日晨于河西

# 文化中的乡音

　　乡音正变得越来越有文化,它有个通俗的同义词叫土话,土鸡价格看涨,原汁原味的土话行情,也跟着上升。披上文化外衣,乡音成为一个时髦词,说来让人感到脸红,我对它并没什么好感。有些话可以想,最好别说,一说出来刺人耳朵,很可能大逆不道,招骂。

　　譬如从来不喜欢南京话。我热爱南京,真的很热爱,可是真不喜欢南京话。南京话是我的家乡话,是我的乡音。梦里不知身是客,作为一种交流工具,平时很少去想,你不太会去想自己是否喜欢家乡话。家乡这玩意儿,跟岁月一样,只有在离开时,只有在怀念中,才能感觉到它的亲切,才能感觉到它的存在。

　　历史地看,金窝银窝不如自己的狗窝,南京人喜欢南京,南京人说本地话,天经和地义,跟文化完全沾不上边。你真的不太会去想我们正在使用的这种方言土话,有一个很文雅的名字叫乡音。跟什么人说什么话,易懂为准绳,方便是原则。在南京说南京话,自然而然,与喜欢不喜欢没多大关系。说了也就说了,喜欢也就喜欢了。热爱和喜欢方言肯定没什么错,过分热爱和喜欢,就会有些幼稚。不止一次被追问要不要"保卫南京话",我总是忍不住要笑,南京话又不是一战后的马德里,又不是二战中的斯大林格勒,不保卫会怎么样?同样,南京话也不是1937年的首都,在日本鬼子的攻击下说沦陷就沦陷。

很多煞有介事的问题,没有被提出来时,根本不是问题。这年头,耸人听闻最有效果,耸人听闻才有效果。为问而问,为号召而号召,口号喊得响亮一些,自然会有人听见,然而口号终究只是口号,吓唬人只是吓唬人。乡音与方言和土话相比,内容差不多,表现形式略有不同。感觉上,乡音两个字很抒情,可以入诗,也适合写散文。现实生活中方言是活生生的,作为一个词汇却难免静止,它仿佛文绉绉的书面语,只适合写在论文里。乡音是动态的,飘浮在空气中,更容易进行文化上的炒作。会叫的孩子有糖吃,差不多是同一个玩意儿,我们更习惯说"乡音袅袅",方言一旦成了乡音,文化含金量立刻提升很多。

南京话是我的母语,现实生活中,我特别能够理解那种要保卫南京话的悲愤心情。以我居住的地方为例,那里是南京西北角,过去穷乡僻壤,现在居住人口主要是省级机关干部和高校老师,因为学区房,因为文化素质稍稍高一点,房价变得奇贵。如果紧挨着这一段美丽的秦淮河散步,会发现耳边都是别人的乡音,你可以听到各式各样的苏北话,或者是江南的吴侬软语,本土的南京话成了弱势群体,除了上学的小孩子还在说。

现如今,很多城市都存在类似情形,外来户越来越阔,原住民越来越穷。自己的故乡正在成为别人的家乡,三十年河东,三十年河西,风水轮流转。我们说南京这个城市宽容,说它从来都不排外,其实还有个潜台词,还有另外一个真相,就是这个城市事实上也没什么能力可以排外。不仅南京如此,上海北京,省会县城,大小城市都一样。鹊巢鸠占反客为主是城市发展的动力,历史有它的自身规律,习惯性的逆来顺受也好,自身不够努力也罢,现实就是现实,结果就是结果。文化学者告诉我们,在明朝的时候,南京话曾是中国最流行的普通话。我不知道这话靠不靠谱,是不是自说自话的意淫,反正感觉非常自恋。很显然,对自己方言和乡音的得意,对消逝的过去感觉良好,往往都会附加了一份失意与无奈在里面。

事实上,在公共场合,只有大人物才会肆无忌惮地说方言。混得好的人可以任性,可以用不着迁就别人,他们用方言发号施令,说着人们听不太懂的乡音,自有一种不可一世的霸气。领导人对下属,黑社会老大教训马仔,老和尚开导小和尚,都可以随心所欲地说家乡话。下属对上司,学生对老师,同一个方言区例外,你必须夹着舌头顺应,得说人家能听懂的话,你必须迁就别人。

电影《金陵十三钗》中的妓女都说很地道的南京话,这完全是一种想当然,事实上,无论在哪个城市,本土妓女都占少数,因为这个行当毕竟不光彩,要离家乡远一点才对。妓女应该南腔北调,说带着自己乡音的普通话,为什么呢,因为她要为别人服务,就应该迁就别人。

小时候,除了会说南京话,我还能说一口很不错的北京话和江阴话。小孩子学语言很快,不知不觉就会,不知不觉就让第一母语南京话变得生疏。在外地待久了,一旦回到家乡南京,舌头仿佛打结,一下子改不过口来。记得刚去学校上课,往往不敢开口说话,就怕同学讥笑。人是群居的动物,语言是用来交流的,在大众场合,一旦你发出来的音调与别人不一样,显出了一些特别,立刻会成为一个相当严重的问题。

这也是我为什么不是很喜欢方言的原因,方言成群结队人多势众,大家都躲在家里说一样的话,一样的腔调,你可以感到一种集体力量。依靠着本土优势,方言有其天然的保守性,它永远是从众的,随大流的,排外的,自以为是的。任何人的方言都可能精彩,都可能独一无二。我们有足够理由为自己的方言自恋,但绝不能因为方言而迂腐。

相对而言,我更喜欢乡音,乡音既是方言,又不是方言。乡音是孤寂的,和家乡一样,只有背了井离了乡,你才能够感觉到它的存在。老乡见老乡,两眼泪汪汪,几个南京人在外地相遇,尤其是在国外的街头碰上,一开口冒出几句南京话,这种感觉很温暖。他乡遇故知是意外,能听到久违的家乡话,更是一种惊喜。在家千日好,出门一日难,方言是在家称王,乡音是离家暗自神伤。

少小离家老大回,乡音未改鬓毛衰。乡音里全是历史,全是城市和乡村的记忆。二十多年前在台湾,我听到一群当年的官太太说南京话,有一种说不出的沧桑感。她们打扮时髦,涂着浓浓的口红,用一种很异样的眼神打量着大陆同胞。听说我来自南京,眼睛里立刻放出光来,问我在哪个学校读书,家住在什么地方。然后又告诉我,自己过去住哪里,在哪所女子中学读书,天天从哪条街上走过。印象中,南京话永远是很土的,那天在台北,我突然觉得自己的乡音变好听了,竟然有了些洋气,用今天的时髦话,就是有些牛逼了。

在西南角的云南,在西北角的青海,我也遇到过类似情形。都是历史留下来的南京移民,说起来很遥远,云南的南京人是明朝迁过去的,青海的南京人是什么时候过去的我已经忘记,反正也有很长时间,已经传了好几代人。别时容易见时难,当年一道圣旨,举族而迁,不想去也得乖乖地去。白云苍狗人生无常,离家的南京人身处异乡,顽强地保持着乡音,他们跟我说着他们的南京话,老祖宗留下来的腔调,跟今天的南京话已有很大差别,隐隐地觉得有点像,又不太像,真的不太像。

乡音中的最大文化是悲欢离合,乡音能够袅袅,能够余音绕梁,能够昆山玉碎凤凰叫,芙蓉泣露香兰笑,并不是因为它好听,而是包含了有意思的民间故事。乡音来自民间,发源于底层,是人生的一部分,必须有点人情,有点联想,有点沧桑感。换句话说,乡音必须有故事,有故事才好玩,才值得品味。

2015 年 6 月 12 日于河西

有必要为这本小书说几句。作为一个写小说的，我对散文的兴趣同样浓厚。查了一下出版的散文集，不少于三十种，应该表扬，也应该批评。表扬是写这么多，至少说明还算努力。批评呢，是写得太多，搁在篮子里就是菜，给人印象不马虎也马虎了，想不潦草都不行。

这本书内容拉杂，东拼西凑，如果读者觉得还行，还能翻翻，还想进一步按图索骥，那便是意外之喜。

先客气一声，谢谢了。

2015 年 10 月 30 日于碧树园

"小说家的散文"丛书

《佛像前的沉吟》　　　二月河　著

《宽阔的台阶》　　　　刘心武　著

《永远的阿赫玛托娃》　叶兆言　著

《鸟与梦飞行》　　　　墨　白　著

《和云的亲密接触》　　南　丁　著

《我的后悔录》　　　　陈希我　著

《打败时间的不只是苹果》须一瓜　著

《山上的鱼》　　　　　王祥夫　著

《书之书》　　　　　　张抗抗　著

《我觉得自己更像个

　　卑劣的小人》　　　韩石山　著

《未选择的路》　　　　宁　肯　著

《颜值这回事》　　　　裘山山　著

《纯真的担忧》　　　　骆以军　著

《初夏手记》　　　　　吕　新　著

《他就在那儿》　　　　孙惠芬　著

《总有人会让你想起》　肖复兴　著

《我们内心的尴尬》　　东　西　著

《物质女人》　　　　　邵　丽　著

《愿白鹿长驻此原》　　陈忠实　著

《旅馆里发生了什么》　王安忆　著

《拜访狼巢》　　　　　方　方　著

《出入山河》 李锐 著

《青梅》 蒋韵 著

《写给北中原的情书》 李佩甫 著

《星斗其文，赤子其人》 汪曾祺 著

《熟悉的陌生人》 李洱 著

《一唱三叹》 葛水平 著

《泡沫集》 张欣 著

《写给母亲》 贾平凹 著

《无论那是盛宴还是残局》 弋舟 著

《已过万重山》 周瑄璞 著

《众生》 金仁顺 著

《如果爱，如果不爱》 阿袁 著

《故事与事故》 蒋子龙 著

《回头我就变了一根浮木》 潘国灵 著

（以出版时间先后排序）

图书在版编目（CIP）数据

　　永远的阿赫玛托娃/叶兆言著. —郑州:河南文艺出版社,
2016.7（2021.5 重印）
　　（小说家的散文）
　　ISBN 978-7-5559-0125-9

　　Ⅰ.①永…　　Ⅱ.①叶…　　Ⅲ.①散文集-中国-当代　　Ⅳ.①
I267

　　中国版本图书馆 CIP 数据核字（2016）第 093678 号

选题策划　　陈　静
责任编辑　　陈　静
书籍设计　　刘运来
责任校对　　陈　炜

出版发行　　河南文艺出版社
本社地址　　郑州市郑东新区祥盛街 27 号 C 座 5 楼
承印单位　　河南瑞之光印刷股份有限公司
经销单位　　新华书店
纸张规格　　787 毫米×1092 毫米　1/32
印　　张　　8.5
字　　数　　161 000
版　　次　　2016 年 7 月第 1 版
印　　次　　2021 年 5 月第 2 次印刷
定　　价　　45.00 元

印厂地址　　河南省武陟县产业集聚区东区（詹店镇）泰安路
邮政编码　　454950　　电话　　0371-63956290